最簡單的幸福

劉洪貞 著

一碗絲瓜湯，讓我想起從前。很感謝父母面對艱困生活時所付出的一切，那是給我們子女最珍貴的機會教育，讓我們能平安長大，也從中體會出簡單的幸福。

父母的養育之恩難以回報
謹以此書獻給雙親
劉善平　先生
黃月雲　女士
感謝他們一生的愛和關懷

自序

簡單的生活洋溢幸福

劉洪貞

最近幾年因疫情侵襲，讓大家原本的生活模式變了樣，不能遠遊又不能團聚，日常感覺枯燥乏味了。為了適應這種異於往常的生活，我和鄰居們改成，只要有時間就結伴到附近的小山區，爬爬山、走走步道，讓身心輕鬆、視野寬闊。

或許是這樣的方式，為我們帶來很多的正能量，讓我們感覺日子又過得有滋有味了。可貴的是在轉換的過程，讓我們體會到生活的需求變簡單後，少了過多的慾望和壓力，反而感覺更輕鬆快樂，也讓我因此悟出原來最簡單的生活是幸福的。

於是看到〈一家沒有招牌的美容院〉時，我感受到一家美容院不需豪華的裝潢，同樣生意鼎盛，每天都擠滿了人。看到年長的阿嬤，為了打發時間種蔥，然後把家人吃不完的拿去賣，結果客人大捧場，那聲〈阿嬤種的，當然要買〉，充滿了多少的溫度和鼓勵呀！

在疫情的衝擊下，很多人因失業造成經濟的負擔，但是大家無怨，還是挺起腰桿，透過各種方式增加收入，過好每天的生活。〈走唱女孩，加油！〉讓人看到即使身體有缺陷，還是要跨出堅強的腳步，讓自己過好。

每次看到在馬路上穿梭的外送員，我都會很感動，因為他們為了能多賺點錢，不僅自己在烈日寒風中和時間賽跑，有的還帶著年幼的孩子，那種為〈討生活〉的鬥志，真是可敬可佩。

親情一直是我筆下最溫暖美麗的畫面。媽媽離世兩年多了，她的手機號碼〈0912002501〉我都保留著，想念她的時候就撥個號碼，回覆雖是空號但無妨，我還是可以在心靈深處，聽到媽媽的關懷和開心的笑語。

記得當初投出這篇稿子，主編先生在回覆留用中時，特別寫上「大作讓我很感動」，作品刊登時還附上「主編推薦」四個大字。諸如此類來自主編的小鼓勵，會出現在以親情為主題的作品中。

父親在我印象中是寡言嚴肅的，一雙眼銳利得像把劍，從小我老躲著他，就怕做錯事挨罰；但是漸漸長大後，我才發覺他對家的付出，和對子女的愛，不需言語，一切默默地藏在細節裏。知道我喜歡閱讀、愛塗鴉，在經濟能力有限下，他幫我把報紙裝訂成冊，方便我閱讀，也省下香菸錢讓我買稿紙、郵票……所有的作為都〈無聲勝有聲〉，讓一切盡在不言中。

或許是我生長在農家，每天睜開眼睛，就是一望無際的沃土原野，湛藍的天空，清涼無比的微風……在這樣大自然環境的薰陶下，我養成喜歡蒔花種草的習慣。看著不同的植物，在不同的季節裏，展現著屬於它們的獨特風情，心中總是充滿快樂和感激。感謝上蒼的風調雨順，感謝這些花草們，發揮著堅韌的生命力破土而生，然後開花結果，回報我最可貴的精神享受。

不管是〈百花齊放頌春天〉、〈夏日好時節〉、〈桂子飄香時〉、

〈萬綠叢中點點紅〉或〈雲淡風輕〉……都有對大自然誠摯歌頌和感恩。

因疫情生活需求變簡單了，然而在簡單的生活中，放下過多的慾望，多關懷身邊的人情溫暖或一草一木，卻帶來滿滿的快樂和幸福感，那是何等的可貴，又是多麼的值得慶幸。

再次把生活點滴收集成冊，要感謝揚智文化公司總編輯閻富萍小姐的協助，和小女麗萍的幫忙封面設計，是她們的用心和努力，才成就了小書的出版，是功不可沒、值得一謝再謝的幕後功臣。

目錄

第二輯

看熱鬧GO　59

目錄

第三輯

第四輯 過客 153

第一輯

最簡單的幸福

一支麥芽糖

市場口的轉角處，有一群人圍著一個小攤子，好奇的我也上前瞄一下，發現機車後座放著一個不鏽鋼箱子，外掛中型牙籤。箱子裏有黃澄澄的麥芽糖，還有圓形（甜）、方形（鹹）兩種餅乾，及一盒花生粉。

或許在台北很少看到這樣的古早小吃，所以引來眾人圍觀。有位阿嬤牽著兩個四、五歲的孫子，表示要買兩支麥芽糖。年約六十出頭、戴著雪白口罩的老闆，洗手擦乾後戴上手套，先捏一些麥芽糖纏繞在竹籤上，再把兩片同口味的餅乾貼在兩邊，就大功告成。小朋友拿在手上，先是左看右看，接著喀一聲咬下，那份喜悅和滿足，全寫在臉上。

一位坐輪椅的阿公，右手指著小朋友手上的麥芽糖，口水從兩邊嘴角流下。身邊的看護一邊幫他擦口水，一邊問他：「想吃嗎？」他猛點頭，

但是咿咿呀呀地說不出要什麼口味。老闆拿著兩種口味餅乾，彎下腰來讓他選。阿公拉下口罩，接過自己喜歡的，露出稚子般的憨笑。

我一口氣買了十支原味的，老闆以為我是為了省錢，特別提醒：「貼餅乾或沾花生粉，加不了多少錢，但是超好吃的。」我笑而不語。其實會買原味的，不是我想吃，是它讓我想起物資缺乏的年代，我身上背著小弟，兩手牽著妹妹，在禾埕上舔麥芽糖的情景。

那年頭家裏有個牙膏殼或空罐子，媽媽都要我收好，等哪天收破銅爛鐵的阿伯來，就拿一個去換麥芽糖，讓兄弟姐妹輪流舔一下，嚐嚐味道。

記得阿伯每次交換時，看到我們六個一字排開，先猶豫一下，然後遞給我兩支。我曾問他：「我只給一個罐子，怎麼給兩支？是否弄錯了？」每一回他看看我，沒說什麼。後來我把這件事告訴媽媽，她紅著眼眶說：「多的一支是阿伯的慈悲。」從此這句話就嵌在我心坎。

長大後愛旅遊的我，曾經在不同的國家，看到類似的情景。每一回我都請老闆給現場的孩子每人一支，讓他們甜甜心。看到孩子們笑了，我也會跟著笑。

那天也是如此，我把麥芽糖分給身邊的朋友，看到他們開心的模樣，我好像又回到童年，再一次感受阿伯的慈悲。

110.10.12《聯合報》

一家沒有招牌的美容院

每次去爬山下山時，我都喜歡走巷繞弄的，想四處看看。有一回我走著走著，就看到一條窄巷的尾端，有一家的燈是亮著的，裏面傳來陣陣的談笑聲，屋外的牆壁上掛滿了各種顏色的毛巾。雖然那是死巷，但是我還是好奇地繞過去。

當我站在店門口往裏面看時，有位七十多歲的媽媽告訴我：「裏面還有四個人在等，妳可能還要再等一下喔！」當我看清屋內的設備，我才發現它是一家美容院，沒有刻意的裝潢，只有幾把椅子和兩面鏡子，還有不同顏色的洗髮精和潤絲精。

看著這麼簡單的美容院，擠滿了五、六個人在等待，我心想要不是老闆娘的技術一流、有好口碑，就是它特別廉價，否則藏在深巷裏的美容院，不可能這麼吸引客人。從那次以後，我有路過都會探頭注意一下，每一次都同樣高朋滿座。

有一回我正好要剪頭髮，就進去看看。和往常一樣，裏面有幾位婆婆媽媽在聊天，有要洗頭的，有要剪髮的，也有要燙髮的。六十多歲白白瘦瘦的老闆娘，要我先坐一下，很快就好。

她動作俐落，當一個洗好頭在烘乾的同時，她就幫下一個剪髮。這個剪好了，上一個的頭髮也已烘乾，可以做造形了。由於她善用時間，看似繁複的工作，她卻井然有序，且很認真地幫大夥打理得漂漂亮亮的。

當我問她為什麼收費這麼低？剪髮、洗頭只收七十元。她開心地表示，這些婆婆媽媽每天辛苦家事，所以優待一下，自己賺點零用錢就好，能讓左鄰右舍聚在一起，聊聊天互動情感，才是最重要的。

聽了她一番話後我懂了，原來她用慈悲心在經營，難怪生意這麼好。

111.1.6《人間福報》

一件掉了釦子的燕尾服

約七、八個月前，有天早上七點多，我正在市場擺攤時，有輛計程車停在我身邊，下來了一對母子。原來是剛從教育界退休的陳老師，和她三十多歲的兒子。

這時陳老師從一個袋子裏拿出一件黑色配銀色領子的燕尾服。她聲音微抖地說：「劉姐，請幫個忙縫個釦子，我老公急著要穿。」由於跟她認識很久了，她也曾拿自己的衣服來讓我修改，所以對她這個動作我沒多想。

接過衣服後，我發現它的兩個釦子都掉了，第二個釦子的旁邊還裂開約五公分。她遞過穿好線的針，我先把裂縫縫好，再把釦子縫上。為了多一點預設空間，我讓釦子和衣服之間，保有兩公分的距離，這樣扣起來不會緊繃，旁人也看不到藏在釦臍邊的裂縫。縫好後她們母子沒說什麼，拿了衣服很快地離去。我想，她老公大概又要去國外表演小提琴了，正要趕飛機哪！

這件事發生後她一直未再出現，我也就這麼忘了。很意外，昨天中午她提了一個水果禮盒來送我。我很納悶地問她，怎麼突然客氣起來了。

她坐下來告訴我：那天早上五點多，她先生起床後覺得胸前很痛，她發現情況不對，連忙叫救護車。醫生檢查後馬上發病危通知，並要她有心理準備。她在醫院等了一個小時後，醫生要她準備他要穿的衣服，因為先生是心肌梗塞，昏迷指數一直往下降，病情很不樂觀。

她連忙趕回家，取出她先生一生最愛的那件第一次上台表演時穿的燕尾服。由於她先生當年要表演時，家裏沒有錢買禮服，最後他媽媽只好變賣了結婚的嫁妝，一對金手鐲。

由於這件禮服對他很重要，平時捨不得穿，只有在重要的國際表演時才穿。那天匆忙中取出衣服時，才發現上回釦子掉了，她忘了縫回去，釦子就放在口袋裏。因事情來得太突然，她拿起針線時不僅手抖個不停，連視線也一再模糊，根本沒辦法縫，只好來找我幫忙。

當天她們母子帶著禮服趕到醫院時，先生已沒有了意識。母子連忙幫他換上白襯衫、紅領帶，並穿上那件燕尾服。幸好多虧那兩公分，她先生穿起來很平整舒適。她告訴先生：「你穿上這件禮服很紳士、很帥喲，有沒有很開心？」

沒想到他慢慢地睜開了雙眼，從左到右仔細看了衣服一遍，然後含笑而去。陳老師說很感謝我的及時相助，讓先生能穿上一生最愛的禮服去遊天國。

經過這段日子的調適，她認為已走出傷痛，特別來看我，並要向我說聲，那天在匆忙中忘了說的那句：「謝謝！」

110.12.21《聯合報》

把婆婆當借鏡

因疫情，讀書會也休息了好一陣子。上星期六是疫情降級後的第一次相聚。

下課後，八十多歲的陳姐，拿出一大盒自己烤的核桃餅乾請大家吃。原來當天是她結婚六十年紀念日。有人一聽忍不住地哇了一大聲，六十年耶！多麼不容易呀！她看著大家驚奇的眼光，慢慢地說了一段故事。

二十出頭她就嫁入開百貨店的夫家。當時沒有職業婦女這個名詞，大部分的女孩，婚後就在家相夫教子、照顧家庭。

婚後第一年和第四年，她連續生了兩個小孩。她的小叔也在第四年結婚。小嬸進門後，就到店裏顧店。此時她覺得公婆大小心，為什麼先進門的自己要在家做家事，小嬸就可以不必。一開始婆婆對她偶爾的指桑罵槐沒說什麼，直到有一天她藉故打小孩來發洩，婆婆才開口說：「妳有什麼

話就說出來，大家討論一下，別拿孩子出氣，他們是無辜的。」

她好不容易找到機會，就劈哩趴啦地說出自己的不滿。此時婆婆心平氣和地表示：「這樣的小事，值得妳這樣生氣嗎？打從妳進門，我和妳爸就把妳當女兒看待，我們也知道妳在家很辛苦，為了感謝妳為這個家的付出，我們每個月都幫妳存一份薪水，只是沒告訴妳而已。老二進門後，所以會讓她去顧店，是因為她懂外語，又是學會計的，對店裏的生意很有幫助。妳們都是我媳婦，我疼都來不及，怎麼會顧此失彼呢？下回可不要有疑心，免得讓別人看笑話。」

她婆婆的每句話，讓她慚愧得抬不起頭。想想自從進了夫家門，年節一到，婆婆就備好厚禮及給父母和弟妹的紅包，讓她回娘家。平時要洗頭或買衣服，在固定的店家消費，婆婆每個月會去結帳。每年過年休息幾天，婆婆幫她帶小孩，讓她們夫妻安心出國度假……想到這些，她向婆婆說了一聲：「對不起！」

從那以後，她們婆媳情同母女，相處愉快，對小嬸也如同姊妹，很珍惜能同進一家門。

自己有了媳婦後，她把婆婆當借鏡，在言談舉止中都小心拿捏，就怕哪個媳婦和當年的她一樣，因不懂事而不快樂。

她說：「年輕時學當媳婦，年老時學當婆婆。」希望把這門功課做好，讓一家和樂，就是最大的成就。

111.1.14《聯合報》

庄腳人

最近家裏在粉刷牆壁，來了四、五個油漆工人，有四十多歲的阿義、卓仔、興哪，也有六十出頭的大頭伯和阿田兄。聽說他們來自彰化某鄉鎮，本來在同一個工廠工作，因疫情的關係，工廠撐不下去了，他們就失業了。為了生活，他們來投靠阿田兄的小舅子——阿發。

住新北新莊的阿發是泥水師傅，他客居台北二十多年了，一直都在做承包商，其中以居家工程為主，工作地點都在雙北。在房價居高不下的都市，很多人因買不起房子，只好把舊房子重新裝修一下變新房，所以阿發的生意特別好，很需要工人幫忙，正好有他們來協助。

阿發為了讓他們安心工作，也為了讓他們節省租屋開支，特別提供了自家頂樓讓他們安身。北漂的他們很節儉，覺得只要能睡覺就好。他們親如手足，一起工作，一起生活。為了方便都以機車代步，分別到不同的地點工作。

他們很早就到了，每天早上七點準時到我家，先坐在樓下的機車上或矮牆邊，吃完早餐、吸支菸後，就開始工作了。

我曾問他們不是八點上工嗎？他們都會笑著說：「阮是庄腳人，呷吧就愛作息了，對時間的多少沒那麼看重。」中午本該十二點休息，但是偶爾還有點工作，他們會派一個人先去買便當，其他的人就把剩餘的工作做完，再一起用餐。

知道他們工作需要耗體力，怕他們一個便當不夠吃，中午時間我會炒個米粉、蒸個油飯，或熬個排骨湯、四神湯的，讓他們有湯可喝。每一回他們都掛著靦腆的笑容說：「阮庄腳人有飯呷就很感恩了，哪有那麼講究還喝湯啊！」

或許是他們一起離鄉背井來台北討生活，有革命情感，更能相知相惜，所以除了工作上的互動外，還會互相調侃、開玩笑，更會關心彼此的家人。

因阿義家有婆媳問題，所以大頭伯常提醒阿義，要勸查某人（老婆）不要向老母（婆婆）頂嘴，安呢卡毋好（這樣是不好的）。每一回阿義都會回答：「阮每天晚上都有打電話回家給太太，太太也有答應不再和老母應嘴了。」大頭伯每回聽了都說：安呢都好！安呢都好！

聽說卓仔的兩個兒子在念高中，成績都非常優秀。卓仔很擔心他們萬一考上台北的大學，要吃、要住、要繳學費，就靠他一支油漆刷，怎麼能刷出這麼多錢來？每天他都在為這件事傷腦筋。

此時這些兄弟們聽了都向他保證，「只要兩兄弟考上了，阮這些阿叔、阿伯一定相挺到底，四支刷子比一支刷子，力量大多了。」

他們就是這樣，人在台北卻心繫家鄉親人，為了省錢又捨不得回家一趟。天天努力地工作，就是希望給家人一份安定的生活。

看到他們為了趕工，經常延後下班。每一回當我說：「老闆請到您們真好，不用監工，不僅能自動自發，還常常做到超過時間。」他們都會說：「阮庄腳人就是講情義，頭家體恤阮，阮就愛好好地做才對，這是應該的了，大家互相嘛。」

很高興有機會從他們身上看到，他們居然能夠把功利社會中日漸式微的，屬於人性的純樸、善良和情義，發揮得如此淋漓盡致，真的是很讓人感動的。

110.6《警友雜誌》

走唱女孩，加油！

早上七點多，我正在菜市場擺攤，忽然聽到似有若無的女孩子歌聲，從巷口那邊傳來，唱的是鄧麗君的「甜蜜蜜」。由於歌聲甜美、悅耳動聽，讓我忍不住地四處看看，想一睹唱歌女孩的風采。

在菜市場做生意，經常可看到一些殘疾人士來走唱。他們不管是男或女，也不管老少，也不在意坐在輪椅上或拄著拐杖，大家的共同點，就是把美好的歌聲帶給大家。

那天當女孩快走到我面前時，她已唱完「甜蜜蜜」，正在唱「酒後的心聲」。她二十歲左右，纖瘦的她綁著馬尾，小麥色的臉上掛著甜甜的笑容。身穿直條長袖襯衫配牛仔褲，左腳穿著白色涼鞋，右腳只到膝蓋，以下的褲管就在膝蓋下方，用黑色細帶子綁成燈籠狀。

她右邊腋下夾住拐杖，手順便拿著麥克風，左手推著裝有伴唱機的紙箱，上面放著寫著「打賞」兩字的粉色小箱子。她邊走邊唱，有人打賞時，她會停下腳步給對方點頭致謝，歌還是繼續唱，把整首歌唱完，讓聽眾可以聽到完整的一首歌。

這一點她想得很周到，不像絕大部分的走唱朋友，邊唱邊說謝謝，就很難把一首歌完整地呈現出來，非常可惜。

這位女孩雖然年紀輕輕，但她很用心也很認真地把每首歌的韻味，表達得很傳神，讓人聽來很難忘。在「情人橋」裏，她在轉音處會提高音階，讓原本就輕快的歌，變得俏皮又熱鬧，聽來好開心，讓人感覺自己就是橋上的主角。

在「舞女」和「最後一夜」裏，她哀怨淒美的唱腔，把舞女的無奈和哀傷，詮釋得淋漓盡致，讓人忍不住紅了眼眶。

她就是這樣，在人來人往的菜市場，頂著大太陽，一首一首努力地唱著婆婆媽媽最愛聽的老歌，每一首都勾起了她們年輕美好的記憶。即使衣衫濕透，她還是忘情地把歌唱好，讓許多人好感動。

看著她不因身體有殘缺而自卑，相反地以燦爛的笑容、滿滿的自信心，把自己最好的強項展現在眾人的面前，帶給眾人正面能量和快樂，真是難得。我除了給予掌聲和祝福，也希望她繼續加油，創造屬於自己的天空。

109.4.23《人間福報》

那一年，我們瘋黃梅調

上個月，我有拙作在某雜誌刊出，不久後我接到一封由該社轉來的信，是一位初中同學寫來的。信中提起許多年少輕狂的趣事，其中最令我們津津樂道、難以忘懷的是，只要戲院有上映黃梅調，我們一定會在下午放學後，匆匆趕到戲院撿戲尾。

她和我鄰座，彼此身高和興趣都十分相近，是很投緣的好同學。她家就住在當時美濃唯二的「美都」戲院旁，那兒算是美濃的鬧區，有幾家賣吃的和賣日用品的小店。她媽媽和戲院的老闆娘是堂姊妹，感情超好的，所以經常讓她帶著我們這票買不起電影票又愛看電影的同學，免費進入電影院。

當時黃梅調非常盛行，一部電影可以一檔演一個月，甚至於更久，同樣場場爆滿。我們這群人也都很識相，大家心裏明白是來看免費的，所以不會隨便坐在位置上，怕影響買票人的權益。我們不是站在兩旁的牆壁邊，就是跑上二樓的放映室，趴在欄杆上往下看。儘管不是在很舒適的情況下看電影，但是我們還是百看不厭，只要有上演黃梅調的日子絕不失約，是打死不退的死忠粉絲。

每次看完電影，走出了電影院，除了聊劇情，還要哼哼唱唱地一路唱回家，那種快樂之心，真是難以言喻。

由於每部黃梅調大家都一再地重複看，加上年輕記憶力好，不僅劇情耳熟能詳，對於主題曲和插曲，也都唱得滾瓜爛熟。不管哪一段，只要有人起了頭，大夥兒就可以接著唱，而且還不會忘詞或走音。

她很迷女扮男裝的俊俏和風流倜儻。感性多情的她，看電影總是很入戲，跟著女主角一把鼻涕、一把眼淚，加上唉聲嘆氣，常在起起伏伏的劇情中，又哭又笑的。這樣高潮迭起的情緒宣洩，難免讓劇情遺漏片段，有些段落就隨著電影落幕，讓她沒有任何記憶。

她說我記性好又很文青，做事認真專注，能記住很完整的劇情，還能很快學會唱主題曲和插曲，所以每次黃梅調上演，就要拉著我作陪，希望我看完後，能把劇情轉述給她，讓她可以瞭解更完整的劇情。

那時候電視還未上市，大家的娛樂，都只有靠收音機的播放，而且不是每個家庭都買得起收音機。因此有收音機的家庭，大部分都很大器，願意讓大家分享精采的節目，整天都大聲開著對外放送，所以我們整個三合院的住家，都可以聽得到收音機的廣播。

由於當時黃梅調非常風行，所以電台每天都播放黃梅調的音樂，只是影片不同而已。黃梅調的旋律起伏不大，大多是一般的中音，也沒有太多高難度的轉音，所以只要能記住歌詞，順著唱就行。因它易學易唱，所以大部分的同學聽幾次後，就能琅琅上口。有一回下課後，我們班上女生在負責打掃校園時，大家情緒一來，忽然唱起歌來，大家手裏拿著掃把，嘴裏卻很認真地唱著。

那天唱的是「梁山伯與祝英台」的插曲「訪英台」。從「梁山伯一心要把英台訪啊，英台訪啊；離了書房下山岡，下山岡。訪英台上祝家莊，眼前全是舊時樣……」，一路唱到「我是個大笨牛，大笨牛……」

或許我們唱得太專業了，誠如訓練有素的女子合唱團，在盡興忘情之餘，並沒有人發現音樂老師正好路過。她看我們唱得正開心，還停下腳步來欣賞，並用右手食指壓在嘴唇上，示意看到她的同學不要驚動，好讓我們繼續唱下去……

那些年，全台不論男女老少，都愛看黃梅調電影，也會唱黃梅調歌曲，片子是部部叫好又叫座，所以香港片商就乘勝追擊，不斷地推出新片，來滿足觀眾的需求，也為自己賺進大把鈔票。影片除了「梁山伯與祝英台」，還有「七仙女」、「江山美人」、「狀元及第」、「貂蟬」、「白蛇傳」、「玉堂春」、「西廂記」、「孟姜女」、「花木蘭」、「王昭君」、「花田錯」，真是多得不勝枚舉。

每部片子雖然片名不同，但是劇情都大同小異，離不開兒女私情。故事曲折，蕩氣迴腸，不管愛恨都感人肺腑，讓情竇初開的我們如癡如醉。因片子多而我們又不會錯過任何機會，常常利用放學後，去看半場電影。

儘管每一回都看不到整場的，但是只要有看到電影，對我們來說，已經非常滿足了。因為經常看電影，時日一久就累積很多的劇情，也學會了很多電影的主題曲。

初三下學期，繼續升學的同學要挑燈夜戰，一刻不得閒地應付大小考試。而我們這群生不逢時的「賠錢貨」，有人是被重男輕女的框架框住，有人是因為家裏沒有能力付學費，現實的環境，就硬生生地扯斷了這批姊妹的升學之路。因不能升學，就不必再上總複習的課，這讓我們這群同命相憐的女孩，畢業考後意外地多了很多時間，在等畢業典禮。

音樂老師知道我們沒有「前途」，在當時封閉的環境下，畢業後就是當女工，或嫁做人婦，為夫家生兒育女，順便下田種作，成為道地的莊稼農婦。她為了讓我們在畢業前能開心度過，留下這輩子當學生的最美好回憶，每次上課時，都讓我們輪流唱，扮男扮女自由發揮，唱好與否不重要，只要大家開心快樂就好。

有些同學因家裏住在很偏遠處，在交通不便、靠走路上學的年代，她們沒有機會和我們一起看電影，因為看完電影天就黑了，女孩子走在暗夜裏，會有安全考量。沒看過電影，對劇情難免較生疏，但又很想唱主題歌。會唱的同學為了圓她們的唱歌夢，就互相幫忙抄歌詞來分享。

因少了功課壓力，好勝心強又愛學習，所以大家可以無師自通。只要一個起頭後就能接著唱，大家唱得渾然忘我。有人很入戲且唱作俱佳，唱到悲情處就相擁而泣、難分難捨，把劇中的生離死別，表現得淋漓盡致，讓大家感動到淚灑教室。

能盡情地唱出悲喜，讓我們這群情懷總是詩的少女，感受到那份輕鬆自在的瘋狂美好。畢竟我們的學生生涯，將隨著畢業典禮的結束而結束，所以大家趁著難得的機會開懷地唱，只希望為流失的歲月，譜下最動人的美麗樂章。

都說不癡不狂枉少年，原來曾經年少的我們，也同樣經歷過很瘋狂、很有趣的茫然歲月。如今想來很慶幸自己年輕未留白，曾經擁有那夢幻般的日子，也曾為青春歡唱過，而留下滿滿的回憶。

真沒想到幾十年後，會因為一篇短文聯繫上同學，讓我勾起塵封已久、有笑有淚的歡樂時光，驚訝之餘還有滿心的酸甜哪！

110.10《警友雜誌》

兩個計程車司機

外子這幾年因行動不便，所以外出時都搭計程車。前些日子要到醫院回診，我們剛站在路口攔車時，就有計程車從對面繞過來。

當司機開了車門後，我探頭對他說：「對不起喔！因為坐輪椅，請打開後車廂，讓我好放輪椅。」他聽後愣了一下，才按了開關。當外子坐定後，我把輪椅推至後車廂，但因為車廂高，我的力氣不足，一時舉不起輪椅，折騰了兩、三分鐘才放好。上了車，我看到司機一臉不悅，還不停地說：「動作怎麼那麼慢。」我除了道歉，也不好說什麼，畢竟時間對他來說就是金錢。

昨天早上我們又要出門，有了上次的經驗，我心想，待會兒當車子停住時，應該先問司機：「願不願意載有坐輪椅的？」沒想到當車子停好，不僅前門開了，後車廂也跟著開了，戴著棒球帽、穿灰色運動服、約二十多歲的司機先生，連忙走到我們身邊，伸手扶外子並不停地說：「爺爺！不用急，慢慢來。」當外子坐進車內後，他一彎腰兩手舉起輪椅，往後車廂放，然後關上門，動作乾淨俐落。

坐定後，我感謝他熱心幫忙，才沒浪費很多時間。結果他笑瞇瞇地說：「我是服務業，這些都是我該做的，您不用客氣了。能載到爺爺是我的福氣，每一個人都曾年輕，也一定會慢慢變老，所以能載到長輩，我都特別高興耶！」

看他開心地說著，我除了感謝，也為今天有了這麼一個美好的搭車體驗，而感到溫暖。

110.8.20《聯合報》

剃頭店的故事

那天回美濃，我趁著黃昏天氣涼爽，騎著腳踏車四處逛逛，回味一下記憶中簡樸的農村生活。

當我經過「橫山尾」的街道時，看見一間似曾相識的舊店面，門口牆邊有個洗臉台，就發現那正是「阿美剃頭店」的舊址。那是我同學小蓉的家，他爸爸就是剃頭師傅——劉伯伯。他話不多，卻為人親切，微胖的臉上有顆綠豆大的黑痣。

以前常聽小蓉說，外公家是當時的望族，膝下只有她媽媽一個女兒。所以外公一直要幫女兒找個門當户對的婆家，偏偏她父母相愛至深。外公覺得嫁給一個拿剃頭刀的男人不會出頭，為此斷了父女情。

而她媽媽堅持自己「難得一心人，白首不相離」。她認為剃頭是個崇高神聖的行業，一刀在手，將相低頭，更何況積財千萬不如一技在身。對方只要篤實、肯努力，能相守過簡單的日子，她就很滿足了。她的父母就在不被祝福的情況下結了婚。她的爸爸為了感謝媽媽的捨身相許，特別用她的名字「阿美」來作鎮店招牌。

劉伯伯手藝巧又有耐心，所以深得附近村人的信任。記得小時候常聽長輩們說，小娃兒的滿月頭一定要交給劉伯伯才放心，因為小娃兒頭骨軟，沒有相當的功力難以勝任。除了剃滿月頭他很在行，聽說剃鬍鬚臉，他也有一絕，因此他的剃功遠近馳名，常常門庭若市。

在交通不便的年代，他以腳踏車代步經常出差。因習俗的關係，小娃兒滿月是不能離開家的，所以必須請他到家中剃滿月頭。村子裏有長輩過世，喪家為了感謝來送葬的親朋好友，就會請劉伯伯來幫忙，要刮鬍子的、要剃頭的，不管大人小孩，都靠他幫大家打理乾淨，好把晦氣送走。

平時一般人要剃頭，都到店裏來，那是以人頭計費。而只要是劉伯伯到宅服務的，就不計算人頭，主人要給個大紅包。

劉伯伯勤快，只要有工作，再偏遠的地方，他都風雨無阻，也因此收入不錯，加上夫妻倆省吃儉用，結婚不到五年就蓋了店面。一間當剃頭店，一間開柑仔店，由太太負責。

有了兩家店後，他們的收入更加穩定，劉伯伯為了聊表孝心，特別把岳父母接過來同住，讓兩老可以安享晚年。

劉伯伯年紀大了之後退休了。他為了感謝當初太太對他的癡情，讓他成就了事業，特別留下這間「起家厝」，並保持著原貌，讓後人看到他的店，就想起他們堅貞不移的動人故事，並一直流傳下去。

110.10.5《聯合報》

爲愛妻走天涯

在菜市場做生意有個好處，就是每天都可以聽到不一樣的故事。

那天擺我旁邊的是一位六十多歲、一臉憨厚、來自苗栗的陳叔。他告訴我，二十年前某個颱風夜，他的妻子騎著腳踏車去買東西後，就沒有再回家。從報案到發動親友四處尋找，都沒有消息。

由於事出突然，他們夫妻相處又正常，他實在想不出一向賢淑的妻子，可以拋夫棄子、一走了之的理由。為此警方朝意外方向處理，四處通報也沒發現可疑之處，又到住家附近的河裏打撈，也沒有下文。

事發前五年，他受不了每天都在等待的煎熬，於是辭去工作，改為擺攤做生意。他認為擺攤是自由業，可以天南地北四處走訪，這樣會更有機會找到妻子。因為他始終認為妻子是發生意外後喪失記憶，所以才沒有回家，否則怎麼會音訊全無。

就這樣十多年來，他開著中型休旅車，載著木雕藝術品，還有妻子的放大照片，到處去做生意。利用機會說說自己的故事，看看路過的行人，希望從中發現蛛絲馬跡。儘管這樣的方式如海底撈針，機會渺茫，但是他相信妻子還在人間，只是忘了回家的路。

擺攤這些年來，他遇到很多善心人士的幫助，提供他哪邊發現女屍。每一次他都懷著希望前去認屍，不管是否是變形走樣的，他都很認真細看，不放棄任何一個機會。然而每一回他都失望而歸，因為妻子的右耳垂上有個紫色胎記，那是最重要的特徵。每次認完屍，他都虔誠地雙手合十，向對方深深一鞠躬聊表謝意。

除了在不同縣市認屍之外，他在做生意時，只要發現體型和妻子相似，又黑髮披肩的女性，他都會跟上前去，先從遠處打量，看看舉止如何，如相似度不高的，他就做罷，不會隨便驚擾人家。有好幾次，他發現對方和妻子身影很像，連忙上前假裝要問路。當面對面時，他看到有年輕的，也有年長的，都和妻子年齡不符。

雖然這些年來尋妻的經歷，讓他吃盡苦頭，但他從不灰心。他相信這輩子一定還能見到妻子一面。這是他最大的心願，他會繼續努力。

問他明天會在哪兒出攤，他說：「可能會到基隆，又想去新竹看看，目前還沒決定。」

110.12.7《聯合報》

最簡單的幸福

外子住院，在花蓮教書的女兒，趁假日回來台北探望。我們母女倆從醫院回到家，已是下午六點多了。我洗米放電鍋，順便在內鍋上放個網架蒸一條魚。趁著電鍋在作業的時間，我先去洗個澡。

洗完澡，我切了一條絲瓜，加點水放入鍋子燜。起鍋時我放了些許鹽，和上次吃泡麵時留下的一包肉燥。母女倆就因一碗絲瓜湯和蒸魚，有了豐富的晚餐。

由於絲瓜是當季的，翠綠清甜又便宜，女兒讚不絕口，還想知道怎麼煮才會這麼好吃。我除了告訴她，當季的蔬果在料理上，即使很簡單，同樣可以嚐到它的鮮美之外，也告訴她一些過去的絲瓜故事。

小時候我家兄弟姊妹多，家裏只有兩分薄田，所以必須留著種稻子，才能讓家人一年有米飯吃。父母為了種些蔬果，必須到處開墾，其中屋後的河邊是最常種的。河的兩旁種滿了楊柳，楊柳樹底下只要有巴掌那麼大的空地，阿爸就會種下一棵絲瓜苗，絲瓜苗長長後會順著柳樹往上竄，然後開花結瓜。

我每天放學回家，要背小弟順便作飯。阿母教我絲瓜要刨五條洗淨切好後，加入幾片薑片放入鍋中，用中火燜即可。由於它柔軟爽口好吃，雖然只是簡單料理，我們還是百吃不厭。颱風季節來臨，一些葉菜類不容易種，此時的絲瓜成了桌上的主菜。有時用煮的，有時阿母要我把絲瓜切碎，加上麵粉攪拌均勻後，放入鍋子用小火煎，煎成絲瓜餅。有時家裏的米缸快見底時，阿母要我洗米時，只要抓一小撮，然後加入絲瓜煮絲瓜稀飯，這樣家裏既有隔日糧，又同樣可以飽餐一頓。

我阿母就是這樣，為了讓一家溫飽，為了餵養一群孩子長大，她總是用心良苦，在窮則變、變則通的情況下，讓我們這些孩子，不會因物質的缺乏而感到不足，相反地因阿母的用心，讓我覺得我的童年是豐盛快樂的。

一碗絲瓜湯，讓我想起從前。很感謝父母面對艱困生活時所付出的一切，那是給我們子女最珍貴的機會教育，讓我們能平安長大，也從中體會出簡單的幸福。

109.2.7《人間福報》

失足，無恨

那天去「挹翠山莊」爬山，為了一睹山上別墅庭園的美景，就繞來繞去、穿街走巷。當我要下山時，才發現自己不知身在何處，該往哪條路下山。

就在左右張望時，看到前面轉彎處，有一個用機車載著兩桶瓦斯的先生，蹲在路邊修車子，我連忙跑過去問他。他雖然低頭在忙碌，卻認真回答我，往左邊會比較快，而且那邊的風景更美。

我邊說謝謝，邊環顧四周，看巷弄彎曲，住户有三、四樓的，心想在這樣的山中，要扛瓦斯桶一定不容易，於是忍不住地說：「辛苦了！」此時他抬起頭苦笑地回答我：「能有份工作已經很感恩了，不敢說辛苦。」

聽著他帶點無奈的語氣，我順口說：「年輕人，只要肯努力，機會還是有很多的，加油。」他看了看我便告訴我，念國中時因父母婚姻出狀

況，他去和外婆同住，外婆年老體弱顧不了他。叛逆的他開始不學好，既會偷竊還會吸毒，二十歲不到就進入監獄。

失去自由後，他並沒有學到教訓，反而恨父母沒給他完整的家；恨法官判他重刑；恨同學瞧不起他。由於他一直覺得，自己會犯錯是別人害他的，所以即使服刑出獄了，還是不改好再重操舊業，又回到原點。

再次入獄時外婆過世了，他來不及為外婆點上一炷香，內心很愧疚，因為這輩子最疼他的是外婆，不是父母。

因太想念外婆，所以每天只要閉上眼睛，就看到外婆在他身邊噓寒問暖，並鼓勵他多讀點書，找個正當的工作，做個有用的人。他也點頭答應，會聽外婆的話。

從那以後，他積極認真學習，不僅渴望自由，還想繼續念書。有機會聽老師來演講，還會請老師幫他買相關書籍。老師們幫助他還免費送他教材，也不斷地鼓勵他，讓他感覺自己被關懷。

或許他重燃了信心，在獄中表現優異，獲得了假釋。出獄那天他走出監獄，回頭看到那讓他失去自由的高牆時，忍不住放聲大哭，哭自己無知、自甘墮落，才誤了這麼多寶貴的青春年華。抹去眼淚後他告訴自己，一定要改過自新，才有自由的人生。

出獄後找不到工作，他無怨，自知咎由自取。不過他深信只要有心向善，天無絕人之路。有一天他路過一家瓦斯行門口時，發現急徵工人的紅貼條，於是先在門口深呼吸，再進門應試。

六十多歲憨厚樸實的老闆先問他，知道送瓦斯很辛苦，要扛瓦斯桶爬樓梯嗎？他點頭，並表示願意試試。

當老闆再問他希望月薪多少時，他把自己的曾經說了一遍，並希望老闆給他機會，讓他先做做看，再以他的表現評估薪水。

老闆一聽到他的過去就愣住了，倒是身邊的老闆娘說：「給您機會可以，但是您也要學會自愛……」第一次聽到有人願意信任他，他激動地跪下致謝。至今在這家店工作五年多了，他專挑粗重的工作做，讓老闆夫妻很感動。

這些年，他白天工作、夜裏進修，現在是個快樂踏實的大學生。因在獄中學過烘焙，也拿到證照。平時有機會時就烤些麵包，送給孤兒院的小朋友，和安養院的阿公阿嬤分享。也因為在獄中，上過不同老師的寫作課，加上自己平時愛塗鴉，所以想試著把自己的經歷寫下來，好讓別人做借鏡。

看他心平氣和地說著自己的故事，我趁機問他是否後悔過，他倒是雲淡風輕地表示，要不是有那段際遇，他今天就體會不出人性的善良和溫暖。雖然這樣的成長讓他付出太大的代價，但是如今的他心中無恨，卻有滿滿的愛，不管對事或對人都一樣。

111.6《警友雜誌》

捐尿布

那天在《講義雜誌》上看到一則小廣告，敘述一名植物人每天需要消耗十片尿布，這項開支對植物人家庭是沉重的負擔。於是植物人安養院發起「一人一臂，每月捐一百元贊助尿布，撐起植物人家庭」的活動。

知道有這個活動，我把劃撥單填好，連捐款交給家中的看護威娜，請她有空時到附近郵局，幫我跑一趟。她接過劃撥單時，和往常一樣問：「這次要捐去哪裏？」我把大概的情形告訴她之後，她說她也要捐一百元。

或許她常在醫院照顧病人，知道植物人的尿布費用真的很可觀，所以願意盡點微薄之力。但是，一百元對於一個連十五元公車都捨不得花的她來說，是一個很大的數目。而她願意捐給台灣的陌生人，這讓我很感動。

知道她的心意，我再用她的名字填張劃撥單，面額是兩百元。我告訴她名字是她的，錢就由我來付，因為這裏是台灣，我也很感謝她對台灣的愛，她紅著眼眶不知所措地搓著手。

從郵局回來，我要她把收據收好。她說：「我看不懂中國字，留著沒有用。」我要她一定要留著做紀念。以後回印尼時，說不定哪天看到它，就會想起自己在台灣工作時，在某年某月某日，也曾為一些有需要的人，付出過愛心，那感覺會很有意義。

她聽了先是開心笑著，但笑著笑著又在抹眼淚。看她那真誠可愛的模樣，真是讓人揪心又不捨。

110.10.3《聯合報》

寫下的每個字都是感恩

對我來說，這枝筆意義非凡，所以我每次落筆都很慎重，就怕有所浪費，而對不起這位送筆人。

因平時喜歡塗鴉，運氣好時會有作品出現在不同的報刊雜誌，所以日子一久，會認識一些志同道合的讀者。他們常對我說，自己是我劉某人的鐵粉，多年來始終如一不曾變心，讓我聽了心裏有點甜滋滋、輕飄飄的。

因大家平時相處愉快，所以培養了好默契、好情感。我偶爾會讓她們當我文中的主角，述說著他們的人生精彩故事，讓他們既開心又感動。他們對我很厚愛，到菜市場採購遇上我，會偷偷地在我攤子上放個橘子、麵包、粽子或半顆高麗菜，反正他們身上有什麼，就大方地和我分享。

他們很多已退休了，什麼沒有但時間最多，就到社區大學學烹飪，於是會手做餅乾、果醬、醃醬菜，還會做鳳梨酥、蛋糕、蛋塔、麵包和吐

司，作一些小點心。每一回他們都會多做一些送給我；有機會去旅遊，不管是國內還是國外，也會攜帶當地的紀念品回來送我。

某天，一位六十出頭的讀者，送來一個精美的粉色A4大小的提袋，裏面有一枝原子筆和一個資料夾。筆身沒有筆套，也比一般原子筆短一些。圖案是以綠色草原和淺粉大地襯底，黑色的樹枝上開滿了繽紛的櫻花，右下角有畫家的落款。筆頭有掛著金色小鈴鐺的吊飾，是一枝設計精緻又漂亮、很罕見的筆。

資料夾的顏色和圖案，和筆身一樣，就是它的放大版，黑色的樹枝更粗獷、更長，櫻花開得更多、更燦爛，也就是相屬的系列作品。

她說這是她有一年去日本玩，在京都的一家百貨公司，參加當地的文藝營買的。文藝營除了有作家的簽書會，讓讀者和作者面對面互動外，還可以買些自己所心儀的作家所設計和簽名的筆記本、原子筆、書籤、信封、信紙等等文具。她知道我喜歡粉色系，特別挑了這系列的文件夾和原子筆送我，希望我會喜歡，也希望我透過這枝筆，可以寫出更多精采的文章。

能收到這樣別出心裁、精挑細選、國內沒看過的禮物，我當然非常驚訝和感動。難得她能從我拙作中的片語隻字，看出我對粉色情有所鍾。光這一點就比和我同床共枕幾十年的另一半，細心太多了。那種如遇知音的感覺，對我是如此的珍貴與難得。

生平第一次擁有這樣一枝充滿文藝氣息又有紀念性的筆，我非常珍惜和喜歡。雖然她曾告訴我這枝筆不值幾個錢，不要老把它掛在心上。但是我卻認為「物不在貴、有心則惜」，一想到她願意花心思，在一個大百貨公司許許多多的物品中選中它，光那份細心和真誠，就夠我感謝終生了。

所以我一直把它夾在筆記本裏，每隔三、五天就寫一、兩個吉祥字，像好、樂、美、平安、幸運、健康、如意、歡喜……我捨不得一次寫太多，就怕很快就把墨汁寫完了。

為了要延長它的使用年限，讓一枝筆可以寫很久很久，所以每一回我都省著用，只寫充滿正能量的字。希望這樣的字帶來好心情，讓我的每個日子都過得踏實且有意義。

每次握著它，不管寫任何字，我都懷著感恩之心，很虔誠地一筆一劃歡喜落筆，只覺得唯有這樣，才不會辜負她的盛情好意。

111.4《警友雜誌》

第二輯

看熱鬧GO

一個和自己對弈的人

幾年來我每次到住家附近的圖書館，一定會看到一位坐在飲水機旁的先生。他頭髮灰白、戴著黑框眼鏡、中等瘦小的身材，每一回他都認真地和自己下圍棋。

他桌上放著黃底黑格的木製棋盤，是十九路的，也就是大棋盤。它由十九條橫線、豎線交叉而成。兩邊分別放著黑、白棋子的棋碗，還有兩、三本已經被翻得缺角的棋譜。他習慣左手托著下巴，用右手的食指和中指夾著棋子，然後很慎重地輕輕放在棋盤上格子和格子交接的地方。

雖然他是自己在下棋，沒有棋逢對手的壓力，但是他不疾不徐，一切照著遊戲規則在進行，先黑後白。對每顆棋子該落在哪兒，都經過再三思考，絕不輕言出手。每下完一步，就會停下來靜靜地琢磨，再看看下一步該怎麼走。

在思考中不是搔頭捏耳，就是推推眼鏡，認真地、慢慢地翻著棋譜在研究，希望能從中找到對策。一本翻了又換另一本，直到認為正確，很有把握時，才會再下另一步。只要棋子落盤後，他也不會把它移動，很有起手無回大丈夫的架式，始終遵守著執棋者該有的風度。

圍棋是以棋子為圓、棋盤為方，代表天圓地方。棋子有黑白兩色代表著陰陽。圍棋在對弈的過程中，是以圍地來吃子，所以每一步都非常重要，最後是以圍地的大小來論輸贏。例如：白子所圍的交叉點比黑子多，那白子就是贏家。

圍棋可以怡情養性、磨練耐心，又可以以棋會友，透過對弈結交志同道合的朋友，所以千百年來，它一直是文人雅士最大的雅好，也是必學的專業技能。它即使規則簡潔優雅，玩法卻變化萬千。它需要冷靜思考，需要堅強的鬥志來步步為營。對每步棋都要全神貫注，不能有閃失，否則容易有「下錯一著，全盤皆輸」的遺憾。

這位先生就這樣，每天坐在圖書館的一角，為自己的興趣在練習和鑽研。他專注時偶爾會自言自語，有時又會傻笑或驚歎。不過無論如何，他是個快樂的愛棋者，喜歡在棋盤上向自己挑戰，而且樂此不疲。

110.4.23《中華日報》

二十元

中午時分走出郵局後，發現天空黑雲密布，因沒帶雨具，我加快腳步，希望在下雨之前回到家。

在十字路口等綠燈時，看到一位六十多歲的先生坐在手推輪椅上。藍色口罩下是一條發黃的毛巾掛在脖子，灰白的三分頭裏，冒著大大小小的汗珠。只到膝蓋的雙腿上，有個鋪著綠荷葉的竹篩，裏面放著兩小袋清香四溢的玉蘭花，和寫著一袋十元的小紙牌。因天氣熱，他不斷地用只剩大小拇指的右手，勾起脖子上的毛巾，擦著從額頭往下流的汗滴，沒有手掌的左手，就緊按住左邊的輪子。

當我彎下腰，要向他買花時，他告訴我因為疫情，街上沒什麼行人，所以才會賣到過了中午還有剩。我說：「沒關係，我都買了，這樣您就可以回家了。」他頓了一下後，很客氣地說：「買一包夠用就好，因它花期短，兩、三天就會變黑且失去香氣，買多了壞了可惜。」

他的一句「壞了可惜」讓我很感動。因為一般做生意的人，只想把貨品賣出去，至於後續就不會在意了。而他很厚道，不說謊，怕我多買了會浪費。

回到家後，我把它分送給左鄰右舍，希望每一家都能沐浴在花香的喜悅中；也希望透過這個小小的分享，向因為抗疫而這陣子難得見面的鄰居們問聲好。雖然每一家只有兩朵，但是每位婆婆媽媽收到時都很驚訝，而且非常高興地一再表示感謝，也趁此相互祝福大家平安。

沒想到，買不到半杯飲料的二十元，會讓我看到賣花老闆的善良，也看到鄰居們戴著口罩也蓋不住的一雙雙燦笑的眼睛。這種無形的物超所值感，看似微不足道，卻足以讓我開心好久好久……

110.7.24《聯合報》

母女共享讀書趣

那天回到娘家，還在禾埕那端，就看到媽媽坐在藤椅上，戴著老花眼鏡，正在聚精會神地看著手上的書。那專注的神情，從一個九十七歲高齡者的身上散發出來，感覺特別的優雅和尊貴。

媽媽從年輕時就有閱讀的習慣。在記憶中，經常看到媽媽利用農閒的午後，或大雨天無法下田工作的時候，坐在矮凳上靜靜地看書。當時年紀小還不識字的我是媽寶，就愛坐在她身邊，翻著書，看書上彩色的風景或人像。雖然看不懂內容，但我還是看得津津有味。進了學堂後，隨著認得的字越來越多，可以從書中看出趣味之後，就與書結下不解之緣。

由於她喜愛閱讀，所以我每次回娘家，都會帶些書報或雜誌讓她看看，既可打發時間，又可享受閱讀的樂趣。媽媽念過日本小學，看日文沒什麼問題。至於看中文，一開始很多相似字會搞混，經過多年來的努力和學習，如今看中文很流暢。

先前為了加強她對國字的辨識力，我給她一本記事本，讓她在閱讀時，遇有不懂的字就隨時記下，我再幫她解答。有一回她寫了一個「閂」字，她不知道這個門裏面為什麼有一橫。我告訴她以前的門大多是木門，關門時為了安全，會用木條之類的東西把門栓住，所以就有了這個字。她沒想到這個字這麼有趣，會有個這樣的故事。

她也曾寫過「網路」，我同樣以淺顯易懂的方式告訴她，「網路的世界無遠弗屆，一支手機透過網路，就如同一間辦公室，可以做很多事，例如：看影片、購物、繳稅、訂機票、開會……只要您想得到的或想不到的，都可以在網路平台上進行。」她聽後「呵！」了一聲表示，原來手機這麼好用，難怪年輕人人手一機忙著滑。她除了驚歎科技的進步，為人類帶來這麼多方便外，也很高興自己也能跟上潮流，會用手機和家人互動。

得空的時候，我們母女就這樣邊看書邊聊天。很高興看到媽媽透過閱讀認識了無奇不有、充滿趣味的世界，不僅滿足了好奇心和求知欲，也因為透過書本增加了很多知識。或許會因年紀大記得不多，但這些都不影響她愛閱讀的好習慣。

過去她常說：多讀書、多識字，都是賺到了，因為智慧財產別人拿不走。如今想來特別真實，因為她是最好的見證。

很慶幸有這麼睿智愛書的媽媽，數十年來讓我能當她伴讀的書僮，我非常開心和珍惜。除了向她學習，也感激她給我的身教和言教。

109.9.3《人間福報》

大家一起去當志工

每年母親節，孩子們請我用餐之外，順便去看個展覽，或上街買東西。今年為娘的我，有個新的建議，讓一家人一起走出戶外，到公園去撿垃圾，當一天的環保志工。

會有這個想法，是因為從去年開始，由於疫情的關係國人都不能出國，於是各大觀光景點都人滿為患，人多垃圾就多。百花齊放的櫻花樹下或公園角落，若是有垃圾，那是很煞風景的。有鑑於此，今年的母親節，我會要家人早起，大家分工合作，把事前準備好的塑膠袋和夾子帶好。也要包些簡便的壽司，帶些整理好的水果，放入手提冰箱，帶去公園。

到了公園，大人帶著小孩，邊撿垃圾邊給他們機會教育，告訴他們把地上的垃圾撿起來才環保。

撿完了洗過手，全家坐下來用餐，就是快樂又有意義的母親節。

110.5.7《國語日報》，本文入選母親節徵文

少提家裏狀況

前陣子，好友十歲的兒子小強在公園遛狗時，認識一位六十多歲的阿嬤。阿嬤親切地和他聊狗兒的事，也順便問他一些家庭狀況，以及他就讀的學校、年級和姓名。之後，這位阿嬤常帶著蛋糕，來陪小強遛狗聊天。由於阿嬤和氣，讓小強少了戒心，對阿嬤的提問知無不答。他也未曾告訴家人，有這件公園巧遇。

大約一個月過後，小強的父母在上班的路上，接到一位自稱導護阿嬤的電話說，小強在路上發生車禍，她把他送醫急救了，花了五千元，一切平安。請他們把錢匯入她指定的戶頭。他父母聽後覺得她對小強家熟悉，一定是好長輩，沒查證就直接匯款。

由於這樣的戲碼常上演，所以我常提醒孩子，在陌生人面前，少提起家裏的狀況，以免被利用。

《國語日報》，本文入選如何維護兒童安全徵文

歹竹出好筍

每年竹子盛產期，住在新店溪旁的筍仔伯，都會到市場來賣竹筍。由於他是一人作業，需要很多時間。從夜裏十二點就要上山挖竹筍，挖好後又挑下山整理，然後花四十分鐘騎機車載來市場，所以他來到市場已近九點了。

由於他的竹筍是現挖的，新鮮甜美，而且是自己種的，價錢比一般便宜，所以累積了很多粉絲，一大早就來排隊，就怕來晚了買不到。筍仔伯矮矮胖胖，才六十出頭，但不管比他年長或年幼的都叫他「筍仔伯」，他也照單全收，樂觀的他總是笑臉常開。

由於他每天都比別人晚到市場，粉絲們難免抱怨，會問他為什麼不找兒子幫忙，多個人手不僅工作輕鬆些，而且時間也不這麼趕。每一回有人提到兒子，他會說年輕人有自己的工作，沒辦法幫忙。被問的次數多了之

後，有一天他終於說出兒子是當醫生，從早忙到晚。

自從這些婆媽們知道他有個醫生兒子之後，每次在等他剝筍殼時，就會用台語揶揄他：「哇！看不出來你是醫生爸呢！原來歹竹也會出好筍耶。」每一回他都靦腆地回說：「我有在想，會不會出生時護理師抱錯了。」

他的話總是會引來婆媽們哄堂大笑，不過大家還是覺得他很了不起，憑著一支支的竹筍，就栽培出醫生兒子，真的很不簡單。對於大家的讚美，他感激在心，也覺得或許兒子從小到大，看到父母每天在山上種竹筍很辛苦，所以特別用功，最後選擇讀醫學院當醫生。

110.9.27《青年日報》

我有這麼老嗎？

昨天早上去爬山，在山底下經過一個賣礦泉水的涼亭時，無意中聽到這樣一段對話。

穿著寬寬舊舊灰色小花上衣的老闆娘，右手不斷地撥著滑下的瀏海，往耳上掛著，左手撐在桌子上，腰好像有點挺不直。她用台語對著站在一旁的高高瘦瘦、雙手抱胸、穿藍色合身牛仔褲、白色棉T的老闆抱怨：「透早就見到鬼啦！連著三個來買水的人，都喊我阿嬤，真是氣死人，你說我有這麼老嗎？」

老闆聽了先是呵呵地笑了兩聲，然後用國語說：「老婆！妳六十歲不到怎麼會老呢？要說妳老，不如說妳比較不會疼愛自己，還比較貼切。」老闆娘接著問：「你這麼說是什麼意思？」老闆回：「妳的牙齒只剩上下門牙，說話會漏風，吃東西也不方便，我捧著錢要妳去看醫生，妳就嫌麻煩；妳頭髮灰白參差、不長不短的，要妳去美容院整理一下，妳又說沒時間；還有妳的腰椎已側彎了，我要帶妳去復健，妳總是說改天改天。另外，妳一天到晚都穿妳老母留下來的衣服，妳能節儉當然是好，但是穿她的衣服，體型不合、年齡不對，穿起來就是不對襯。不是說只有懶女人，沒有醜女人嗎？」

說到這兒，老闆深深吐了一口氣繼續表示，「其實這些人喊妳阿嬤已經很客氣了，他們沒叫妳阿祖，就已經很給妳面子了。」

老闆娘聽著老闆揶揄中帶著疼惜的話之後，笑著問老闆：「事情有這麼嚴重嗎？」老闆收起原本開玩笑的神情，很嚴肅地說：「這是知妻莫若夫呀！妳再不去做復健，說不定不用兩年，妳就要拿拐杖了。」說到拿拐杖，老闆娘忍不住地噗哧大笑，回了一聲：「怎麼可能？」

老闆藉機貼心提醒：「妳這輩子為了家庭，已經付出很多了，如今生活安定，要好好地愛自己，該穿該用的不要省，多讓自己快樂，把身體照顧好比什麼都重要。傻老婆啊！妳說對吧！」老闆的一番話，讓原本嘻笑的老闆娘，不停地擦眼淚。

無意中聽到這對夫妻閒話家常，雖然他們一個說台語，一個說國語，沒有共同的語言，但是默契十足、相知相惜，字字句句蘊含著濃濃的夫妻之情，及患難與共的溫暖，看似平凡卻又是那樣的不平凡。

111.6.7《人間福報》

看熱鬧 GO

每天下午在公園運動完，只要天還沒有黑，我都會繞到附近的黃昏市場逛逛。不為買什麼，只是想滿足好奇心，看看市井小民在生活中，展露無遺的善良和趣味，以及攤商們善用智慧的技巧。

一般在黃昏市場賣的物品，多是早市賣剩的，例如魚肉蔬果有新鮮度的壓力，不能久存，容易腐壞，必須利用黃昏時把它賣完。另外，把今天的進貨量售空，沒有剩餘的，就是賺了，因為就沒壓本。

由於攤商有各種不同的考量，希望利用黃昏時刻，下班族多時，讓貨物傾銷一空，通常都會降價出售。畢竟帶錢回家比帶貨物回家輕鬆。於是你會聽到「買到就賺到」、「俗俗賣，全賣全賺的」。諸如此類的促銷方式，此起彼落炒熱了購買的氣氛，讓買賣雙方各取所需、同展笑顏。

每次經過「豬肉林」的肉攤，我都會抬頭看看老闆。額頭微禿、穿著油亮圍裙的他，不是低著頭整理桌面上的肉品，就是忙著招呼客人。聽說他刀法神準，曾跨口：「你要一斤肉，我切多了算你的，切少了一定補足。」也就是說買方永遠是贏家，斤兩只有多不會少。

知道有人對自己的切工這麼有自信後，我曾好奇地前往。第一次我買半斤瘦肉，第二次我買一斤半五花肉。當他把我指定的肉塊移至面前，左轉右轉拿捏幾秒後就下刀了。在他把肉塊放上秤子時，我還緊張地不敢直視秤子，結果真的絲毫不差，讓我心服口服，對這位神刀手刮目相看，還很崇拜哪！

有位賣中藥的老闆，五十出頭的他惜言如金，沒事就翻閱中藥相關的書。每次向他買四神，他從數十包的藥材中，找出五、六種需要的材料。有顆粒狀的蓮子、大薏仁、芡實，也有一片片的白芍、當歸、山藥。他這邊抓幾粒，那邊拿幾片，裝成一包。

一開始我曾懷疑，他不經過磅秤，這樣每一包的重量會相同嗎？結果我不管同時買幾包，秤出來的結果居然一模一樣。我第一次感覺到，他的手真的比秤子還準確，精準到可以零誤差唷！

在市場尾端，每年入秋後有位賣菱角和花生的阿伯會來擺攤。身材中等、頭髮有點自然捲的他，總是笑瞇瞇的，這些特質像極了家父。

每次路過我都會停下腳步，向他買一小包，聽聽他聊家常。「老婆走了，孩子住外面，一個人在家會黑白想，出來做生意日子過得快呀！反正錢也用不完，賣多賣少無所謂，趣味就好，呵呵！」

家父和他一樣樂天知命，有他的地方就笑聲不斷。每次看著手上的菱角，我才發覺我買的不只是菱角，還有對父親滿滿的思念。

偶爾會看到一位八十幾歲、身子佝僂的阿婆，三不五時會來賣香菇，她為了養育三個學業優異的孫子，幾十年來一直都這樣。孫子是她的驕傲，也是她生活的動力，每次提到孫子，她眼睛就發亮，然後一句「夭壽會讀冊，又孝順，揪感心啊！」

她就是這樣有孫萬事足，為了栽培孫子無怨無悔，利用一包包的香菇，讓孫子的學位不斷地往上疊。在菜市場這種為子孫不辭辛苦的阿嬤還真不少，她們真是偉大，值得尊敬。

市場就是這樣，充滿著生活日常的不同的故事，有精彩，有無奈，也有驚奇和感動，值得去發掘和追尋。

都說：內行人看門道，外行人看熱鬧。我，樂在不言中。

110.1《警友雜誌》

好一個舉手之勞

平時出門我都以機車代步，因為它方便又省時。然而在偌大的台北市，「騎車容易停車難」是所有機車族的共同心聲。

那天清晨因時間還早，我去停車時車位很空。但是當我下午去取車時，車子擠滿停車格，每輛車的手把環環相扣。看著我的車像個小不點，夾在兩台重型機車中間，我望車興嘆，不知要如何著手，才能把車牽出來。

我先踮起腳，再用力地舉起手，想抬起右邊黃牌車的車尾，希望能挪動一點點。而我終究因個子小、力氣不夠，根本就無法使力。心想黃牌的就把我難倒了，那左邊的紅牌的，就更不用說了。

正當我如洩氣的氣球，乏力地繞著車子前後看，希望能找出合適的移動點時，旁邊忽然停了一台機車，帶著全罩黑色安全帽的年輕人下車後，大手一伸用力地左移移、右移移。他使盡全身力氣，累得滿頭大汗，才把我的車子移出。

當我鞠躬向他致謝時，他搓搓手表示，只是舉手之勞，沒什麼，然後揚長而去。好一個舉手之勞，他說得雲淡風輕，可我點滴在心頭，那吃力專注的神情一直揮之不去。

111.4.9《聯合報》

愛無國界

「象山」在信義捷運線底，離出口處不遠，是台北爬山的地標之一。因它標高只有四百多公尺，加上山上生態豐富，環境優美，交通便利，所以成了台北市民爬山的首選。

因它地點適中，平時就有很多人呼朋引伴，或攜家帶眷地來朝聖。尤其是捷運通車後，遊客更是絡繹不絕。由於它靠近101，許多的觀光客，逛過101後就直接來爬山，想從象山看整個台北之美。這情形以夜間為最，因為在夜裏的台北城要比白天璀燦。台北的萬家燈火，在夜空下閃爍，處處寧靜祥和，給人一種靜謐溫馨的舒適感。

在天時、地利、人和的相輔相成之下，從各地慕名而來的遊客難以計數。自由行的、團體來的，不管來自日本、韓國、香港、大陸、歐美等等，人數是不斷地增加。

因外來遊客多，加上本地的，讓原本就狹窄的登山步道，變得更加飽和，於是造成爬山也要排隊的奇景，讓人驚訝也引來不斷的笑聲。雖然假日人多要排隊上下山，但是不管你來自哪裏、說什麼語言、皮膚是黑是白，大家都很有禮貌地點頭打招呼，而且很有耐心，帶著微笑依序上下山。

或許是人太多，通行不易，加上天氣實在太熱，經常有人中暑昏倒。那天有位老先生，爬到半山腰時忽然臉色變白，接著癱軟倒地。路過的人打電話叫救護車，有人把他扶著，往他嘴裏灌運動飲料。忽然有位黑人大叔彎下身，立刻把他抱起往山下衝。他嘴裏用英語喊著：「讓路！讓路！」他腳長動作快，救護車還沒到，他已經把人送下山了。

夏天有人中暑，冬天也有人會昏倒。每一次都會看到不同國籍的人伸出援手，讓患者在有驚無險中安然度過。在許多感人故事中，我印象最深刻的是，前些日子天氣本來就很冷，加上大雨不斷，讓爬山困難度加高。那天午後三點多，原本慢慢變小的雨，在一陣狂風後雨變得更大，天色也漸漸暗了下來。此時一群來自日本的大人，和一對七歲的雙胞胎兄弟，急著衝下山。

大概是雨勢太大、能見度低，讓其中一個小朋友走岔了路。大人沒發現還以為他腳程快，已經下山了，所以大家就各自下山。下山後才發現少了一個小朋友，急得報警處理。

消防車和救護車來到山下時，很多遊客好奇地停下腳步，想知道發生什麼事。當大家看到孩子的父母，因語言不通比手畫腳，告訴大家還有一個孩子在山上，並把手機上孩子的長相讓大家看，希望大家幫忙。

經過溝通，大家要孩子的父母在山下等，其他的人跟著消防隊員上山尋找。約半個小時後，山上傳來好消息，讓家長們相擁而泣。他們不約而同地向在場的人，深深一鞠躬聊表最深的謝意。

我覺得人與人的相遇是緣分，能互助是真誠。從小小的動作中，讓我體會到人性最美的善意。雖然大家來自不同的國家，但愛心無國界。相信這個意外的小插曲，會讓這批日本遊客終生難忘。

108.5《警友雜誌》

發亮的竹碗

我的竹碗已經使用很多年了，我依然三餐都用它，因它摔不破，而且經過歲月的洗滌，越用越亮，令我愛不釋手。

記得那年的七月，「賽洛瑪」颱風橫掃南台灣，造成重大的傷害。住在山上的好友小潔家也無法倖免，果樹倒了、房子積水、衣物泡濕。雖然當時因電力和交通都中斷而無法聯絡，但是第二天我還是和幾位好友，帶了一些乾糧和日用品，翻山越嶺去她家。

看到她家滿目瘡痍，家人只有身上一套沾滿泥濘的衣服時，我們忍不住地哭了。接著，大家捲起袖子和褲管，幫忙重建家園。因為是暑假，我們得以多留幾天，清洗那些還能使用的家具，移除不得不丟的，再把整個家前後打掃、消毒一遍。

一個星期過後，她家終於恢復正常。她爸爸為了感謝我們遠道而來相助，把屋後被洪水沖倒的刺竹，拖了一根如碗口粗的回來，取中間最精華部分，鋸成一截一截，以竹節為主，節下留點當碗底，節上再留一些當碗身。

他雖然當時已八十多歲了，但是具有匠心又有眼力，把鋸好的竹碗，來來回回地又磨又刨，把碗口碗底的粗纖維不斷地修飾，日夜趕工出一個個獨一無二、還刻著各自名字的竹碗，送給我們。

那竹碗有著淡綠色的高雅外表，裏面是米白色，很好清洗。最最重要的是，它有一股淡淡的竹香。有了竹碗後，我不再用瓷碗，都用它來盛飯裝湯。有好多次家裏來客人，看到我捧著竹碗，都會好奇地問我：竹碗看起來就不如瓷碗清新亮麗，為什麼棄新迎舊？

每一回我都會告訴她們，關於竹碗的故事。我忘不了災害帶來的慘況，也忘不了她們一家，看到我們趕到時的驚訝，及換上我們送去的衣服時，那份安全安心，更忘不了小潔爸爸為了做好這幾個碗，全神貫注的神情，即使指尖被刺竹扎得血跡斑斑，他都不在乎。

多年來一直很喜歡這個裝滿著悲喜故事，承載著流失歲月的沉澱之美，留住了患難與共的友情，和無限的思念的竹碗。

111.2.5《聯合報》

慈母心

一連下了好多天的雨，好不容易下午放晴了，好多父母迫不及待地帶著孩子到公園玩耍。

有人盪鞦韆，有人玩躲貓貓，有人玩球或溜滑梯。有些爸爸拉起孩子的雙手玩空中飛人，樂得驚叫聲四起，轉了一圈還要一圈。大人開心，孩子們高興。就在大家玩得不亦樂乎之際，鄰居五歲的小傑，看著別的小朋友當飛人的模樣，既羨慕又無奈，他仰頭看著身邊的媽媽。

守寡幾年的媽媽一直很稱職，努力工作之餘，盡量陪著孩子到公園玩，讓孩子多些玩伴、不感到孤單。

那天她蹲下身子問小傑：「你也想玩飛人哪？」小傑點了點頭後小聲說：「但是我沒有爸爸呀，怎麼玩呢？」她聽了摸摸他的頭說：「你還是可以玩呀！我請個叔叔陪你玩好不好？」他有點驚訝地四處張望。

接著我聽到這位媽媽，對站在我旁邊的一位年輕爸爸說：「先生，你能幫我忙嗎？孩子想玩飛人，但是他單親，而我又抱不動他，我多麼希望你能成全他的心願。」剛開始這位先生大概沒意會過來，愣了幾秒後連忙說：「當然可以呀！」

就這樣，他牽起小傑的手往上一舉，然後不停地轉著轉著，讓小傑嘎吱嘎吱滿足地笑了。轉完後這位媽媽拉著兒子，一起向這位先生深深一鞠躬致謝。

看著小傑意猶未盡的開心模樣，我相信他這輩子一定不會忘記，在他小時候，有位陌生的叔叔，在媽媽的請求下，讓他完成空中飛人的心願。

111.1.17《人間福報》

貼心

台北高溫三十七點六度的午後兩點多，我騎著機車停在信義路、新生南路口等綠燈。

停我旁邊的是一對身材瘦小、約八十多歲、穿短上衣和七分褲的老夫妻，他們騎的是白色偉士牌機車。老先生身上的白色汗衫，背部濕了一大塊。太太的短髮根上，不斷地滴著汗水，往脖子下方流著。

老先生抬頭看到裝著紅綠燈的鐵架的陰影，正好遮在他身上。為了讓這又窄又短的陰影，能及時地遮在後座的太太身上，好讓她涼快一下，他很努力地移動雙腳，前進一些、後退一點，就是希望把後座的位置喬到最合適的角度。好不容易自認喬好後，他回頭問：「老伴！這樣有遮到嗎？有沒有涼一些？」

此時在後座雙手環抱著老先生腰部的太太，猛點頭回著：「有啦！有啦！真的有比較涼喔！」

看到這一幕，讓平常會嫌花七十五秒的時間就等個綠燈實在太長的我，忽然覺得時間怎麼那麼短，要是多個幾秒，老太太不就可以多涼一下了嗎？

109.9.30《聯合報》

萬種風情話繽紛

我喜歡把報紙副刊當書讀，尤其偏愛「繽紛版」，它內容豐富、包羅萬象。因園地公開，作者來自不同行業，所以讀者有機會拜讀到不同樣貌的精彩篇章。

醫護們，寫出白色巨塔裏的醫病故事；洗車場老闆，校長兼敲鐘，從車子被維護的情況，看出車主的生活態度；在養寵物朋友的甘苦分享裏，從字裏行間中感受他們對寵物濃濃的愛。

在「記憶寶藏圖」中，從不同年齡的作者描述，可知悉不同年代的生活方式。在許多照顧父母的經驗裏，我體會為人子女的無助和孝心，也趁機學習這門人生必修的功課。

喜歡「青春名人堂」的作家，他們學有專精，在不同的專業領域裏，用自己的視野，透過文字記錄著包山包海的不同故事，字字精彩，讓人歎為觀止。也有擺攤朋友的擺攤人生，在看似單純的簡單買賣，卻可從他們的應對進退中，體會出不同行業的甘苦。

另外「話題徵文」雖是短小精悍，卻篇篇精彩好看。同樣的主題發生在不同人身上，就有不同的故事，帶來不同的珍貴啓示。

「繽紛版」就是這樣，像一位博學多能的無言老師，是學校以外的教室，許多學校沒教的，都可在這兒學習到。除了較陽剛專業的醫療、科技外，也有看不盡的溫馨小品，在剛柔並濟中，深藏著人間百態裏的無限溫暖。它滿足了我的好奇心，也豐富了我的精神糧食，為我的生活平添了趣味和動力，讓歲月靜好。

感謝「繽紛版」幾十年來，在不同主編的用心和努力下，每天都有來自生活日常的好作品，讓讀者窩居一角，就知天下事，並可沉浸在文字帶來的美好律動中。

110.11.14《聯合報》

最美的背影

或許是家裏有個印尼的看護，會從她口中聽到一些，屬於她們不為人知的故事。所以我對這些包著頭巾、離鄉背井來到台灣、幫助很多家庭照顧著無數長輩的看護們，多了一分疼惜和感激。

前些日子傍晚，我到公園運動時，忽然下了一陣雨。此時我看到一個看護，她的手原本勾在阿嬤的胳臂，陪著阿嬤散步。下雨時她趕緊放了手蹲下身子，背著阿嬤急步往前跑，跑到附近涼亭躲雨。因阿嬤有點胖，看護個子又不高，所以她跑步的背影是有點搖晃的，幸好有驚無險。

無獨有偶，昨天下午兩點多，我到離家附近的某國中打疫苗。當我快到校門口時，一輛計程車停好開門後，下來一位看護，彎下腰先把車上阿公的兩隻手，放在自己的雙肩上，然後吃力地背起阿公。

她剛站起身子，雙腳踉蹌了幾步之後才站穩。雖然阿公不胖，但是身高超過一百七，清瘦的看護，要背起他具有一定的難度。阿公喊著：「不用背我，我自己慢慢走就好。」看護說：「太陽那麼大，路那麼燙，我背您比較快啦！」

她就這樣一口氣把阿公背了約一百公尺，才到活動中心。雖然她背得滿臉通紅、氣喘吁吁，但是阿公一坐定椅子，她又馬上遞上一杯水。

我們常說「台灣最美的風景是人」，沒想到看護們背著長輩們的背影，同樣也是美得令人讚歎。

110.8.11《青年日報》

0角俗俗賣

每年入秋之後一直到暮冬，天氣由熱轉涼時，也就是收藏的美好季節，各種各樣的蔬果陸續成熟。除了地表上色彩繽紛的五穀雜糧外，還有種在池塘裏，紫紅色（經過高度加溫後，顏色會變黑紫色）的彎彎菱角。

每當菱角飄香時，鄉下農家就開始忙著採菱角。由於它長在深水的池裏，所以一般莊稼人都會用粗大的刺竹，去掉頭尾和節上的細枝，再用粗砂紙把竹子每個結上的小刺磨平，以免扎手刺傷人。

把所有外表都處理乾淨平滑後，就截下中間最粗、最直、約三公尺長的部分作為主題材，然後把五根綁成平行的竹排，因竹子是真空的，所以會浮在水面。這是當時最陽春、最經濟實惠的採菱工具，種菱人家幾乎都會自己做，因為竹子是現成的，家家屋後都有種。

它很耐用，今年用過後，就把它刷乾淨，直立靠在後屋簷的牆壁上，所以要立著，就是讓它通風不潮溼，明年還可繼續使用。而種植少的人家，若家裏沒有竹排，有需要時就向鄰居借用一下，大家都會互相借用，鄉下人家什麼沒有，就是有很多濃濃的人情味。

長長的竹排上，通常在採菱角時，都坐兩個大人加上幾個竹籮。若是要遊玩，就坐好幾個大人小孩，大家把它當船坐。採菱的人喜歡邊划邊採，還唱著歌自娛娛人，好不快樂。一般最常唱的莫過於最貼切且流傳多年的老歌「採紅菱」了。當然有些年輕人也會來個山歌對唱，在對唱的過程中容易產生情愫，這樣的機緣，不知唱出了村子裏多少的美滿姻緣，成就了多少的幸福佳偶。

小時候經常背著弟弟或妹妹，在池邊聽人唱歌。大人唱得開心，小朋友也開心地跟前跟後，一副快樂的農村景象，熱鬧了小小的村子。當竹籮裝滿菱角後，就上岸洗淨，中午過後就會有中盤商來收購，論斤計費，一手交錢、一手交貨，農人開心地多了一份收入。

中盤商把收集來的菱角，批發給都市的零售商。有人用竹籠把它蒸熟，配著蒸熟的花生或玉米一起在夜市賣。那掛著暈黃的孤燈下，冒著輕縷白煙的攤子，總讓人備感溫暖。尤其是冷冷的夜裏，手握一包溫熱的菱角或花生，或一條微熱的玉米，那感覺就是幸福和滿足快樂。

菱角除了在街頭巷尾有賣熟的，在一般的傳統市場，也有攤商賣生的，可以買回家或蒸或煮，當點心、零嘴吃。有些商家很細心把殼去掉，用小包裝方便主婦配菜。要燉排骨或煮雞湯，甚至煮火鍋、煮紅燒肉，都是最佳搭配的食材，非常受食客歡迎。因為它鬆軟帶點甜味的口感，讓人百吃不厭。

每當菱角盛產時，市場口平時賣玉米、後腦杓留著一撮染成金色小辮子的帥哥，一定會加賣菱角。他說自己家住南部左營，是盛產菱角的好所在，所生產的菱角特別香甜。為了讓更多人分享到他家鄉的菱角，每年產季時，他直接開車載來台北。這樣沒經過中盤商，是產地直營，既便宜又新鮮。對他和消費者來說，都是贏家。

每次看到他用紙板寫著「0角俗俗賣」時，我都會會心一笑，覺得這年輕人真有創意，把0畫得像柚子這麼大，裏面還有逗趣的笑臉，吸引著客人，難怪他生意這麼好。每當看到這招牌，就會讓我想起父親健在時，在池塘裏種菱角的許多溫馨故事。

小時候離家一哩路外的河邊，有一口池塘，它有一個籃球場大，是橢圓形狀，水清澈見底，因為那是泉水，有好幾個角落天天冒不停，所以不需要引用水溝的水，不怕有農藥汙染，因此水質特別乾淨。父親雖然忙種田，也沒受過造景的專業訓練，但是他能用不同的方式，把池塘經營得很有特色。

池邊種滿楊柳，美化視野又鞏固土牆，每當楊柳輕飄、柳影浮動水面時，那景色如詩如畫，尤其是偶爾飛來白鷺鷥，輕輕劃過的畫面更是生動迷人。小時候只要父親得閒，他會帶著我們這群小蘿蔔頭，坐在池邊釣魚，邊看火紅的太陽，慢慢地落入西山，欣賞夕陽餘暉的美景。

池裏養著很多吳郭魚，是餵養我們的主食。父親經常利用機會，給我們機會教育。看魚媽媽為了讓小魚出來優游，看看外面的世界，牠會張開嘴讓肚子裏的小魚，像訓練有素的士兵，列隊從容地從嘴裏游出，魚媽媽就全神貫注地在四周守著。當魚媽媽發現身邊有異物出現，怕魚寶寶被攻擊時，牠又張開嘴，把牠們稀哩呼嚕地統統吸進肚子。

每一回出現這樣的魚媽護子的情境時，父親會告訴我們，魚媽媽雖然不會說話，但是牠護子心切的情操，是和天下的媽媽一樣的，沒有人魚之分。

池塘裏除了有養魚，父親也會沿著池邊，種些筊白筍自給自足，另外在池中央種滿菱角。每年中秋過後，就是菱角成熟時，父親捨不得賣，都留給我們當零嘴慢慢吃。

在沒有冰箱可保存的年代。父親把菱角交給池塘保存，想吃多少就採多少，以免採多了一時吃不完，放壞了可惜。也因此我們每隔一段時間，就要下池塘採菱角，比別家孩子享受更多的採菱樂。

當時能吃上菱角是很稀罕的，一般家庭都通通賣了換現金，而我的父母不一樣，要留著給孩子吃。每次採菱角，父親把我和弟弟放入圓形的白色鋁盆裏，然後推著我們在池中繞，讓我們可以享受坐船採菱角的樂趣。

把菱角採回家，母親清洗過後就把它蒸熟。晚飯後，我們一家就在明月高高掛的禾埕上，坐著小板凳，吃著自家種的菱角，聽著父親講故事，然後意猶未盡地跑跳著，你追我逐享受著快樂的夜晚。

小時候不懂月有盈缺的道理，只覺得我們好幸運，每一回全家圍著吃菱角時，「剛好」就是月圓時刻。長大後才知道，原來那是父母刻意安排的，他們只利用農曆十五的前後日子，讓我們開心吃著菱角還兼欣賞月亮。想想，全家人能夠在溫柔的月光陪伴下共度良夜，是多麼的難得，對我們這些孩子來說，又是多麼的珍貴難忘。

我一直很感謝我的父母，在我們小時候，雖然因經濟能力差，無法提供我們富足的物質生活，但是他們頗具巧思、用心生活，會透過季節的變換、日常生活的點滴，以及所接觸的人事物件，適時地讓我們感受父母無盡的愛，及來自家人的互動溫暖。讓我們從中得到許多的啓發，學習到成長，帶來些許的智慧。

這些教室以外的有形無形收穫，是父母的智慧帶給我們的。它不僅豐富了我們的幼小心靈，陪伴我們快樂成長，也為我們的生命注下了樂觀、知足、惜福的好養分，讓我們終身受用。真是滿滿的感恩和慶幸。

111.1《警友雜誌》

討生活

前陣子因疫情的關係，很多人不想外出購物或外食，只好訂外送，於是很多外送的平台應運而生。在大街小巷裏，經常會看到年輕男女在機車後座，綁著有熊寶寶或黑色貓咪圖案的大袋子在穿梭。聽說他們送一趟就有七十元的酬勞，一天只要勤快多跑幾趟，一個月賺個幾萬塊不成問題。

幾萬塊或許不多，但在百業蕭條、失業率飆高的時刻，這算是很高的收入了。尤其它不需要成本，只要自備機車又不怕苦就可以了。

或許做這工作不難，於是很多年輕人紛紛加入。他們年輕、體力好、反應快，騎車技術一流，每天在路上來來回回地趕路送貨，看似輕鬆卻也辛苦。畢竟時間寶貴，馬路上車多人多，必須全神貫注才能使命必達。

那天日正當中時，我騎機車在路上，忽然看到前面的一部腳踏車，後架載著綠色印幾個黑色英文字母的大袋子。看到他不是以機車代步，我就好奇地放慢速度，不敢超前，怕影響他送貨時間。

當紅燈亮起，我正好停在他旁邊，才發現他前面的橫槓坐著一個大約一歲多、穿著背心、伸著兩手不斷抓癢的小男孩，咿咿呀呀的。看到這一幕我心揪著，想不出是怎樣的環境，讓他必須帶著幼子這樣工作。趁著綠燈要亮前，我鼓勵他：「加油喔！這麼熱要讓孩子多喝水。」他仰起陽光笑臉不斷地道謝。

又有一天傍晚，我趕著去醫院，一上計程車，司機先生便連忙指著副駕駛座說：「我車上載著孩子，如果妳介意的話可以不搭。」我趕緊回答他：「不礙事的，您放心吧！」

在車上我觀察這位約四十出頭、長得很秀氣的先生，個性溫和，愛心滿滿。停紅燈時還會摸摸身邊小女孩的頭，或捏捏小臉蛋，然後扮個鬼臉，讓小朋友嘎吱嘎吱地笑不停。

他表示失婚半年來，他每天帶著女兒跑車。他很感謝許多乘客的寬容，讓他可以賺點生活費。本想把女兒送去幼兒園，但目前還沒有能力，因為媽媽住在安養中心。知道他有困難，下車時我多給了一些，而他很堅持不能收。

看到這些人為了生活，用不同方式努力打拼，我很感動，也衷心地獻上祝福。

109.11.17《聯合報》

第三輯

暖心無花果

新丁粄

每年只要時間允許，我都會和家人去掃墓。由於我們劉家是大家族，所以來掃墓的族人特別多。那天從全省各地趕回來的家庭，就有一百多戶。

牲禮擺滿了墓前廣場，遠道而來的男女老少聚在一起，真是盛況空前。經過莊嚴肅穆的祭拜儀式後，大家相互問候，聊著生活點滴，開心地關懷彼此的日常。酒斟三巡之後，開始燒金紙，祈求來年家家平安健康。

接著是發「新丁粄」的時刻。在傳統的農業社會裏，男丁是莊稼人的主力，許多負重的工作，是體型嬌小的女性無法負荷的，因此家裏添了男丁是大喜之事。為了分享家族，添丁之家就要在次年掃墓時，準備一些「新丁粄」，給所有來掃墓的家庭，一家一份。

「新丁粄」的大小及作法，和市面上常見的大紅龜粿一樣。只是「新丁粄」是用白米麩加糖為料，在裝模壓型前，在正中央鋪上粉色米麩，這樣壓出來的粄，就白中帶粉很討喜。

今年每一家都收到五份新丁粄，代表我們劉家去年添了五個小壯丁。許多長輩們趁此，不斷地鼓勵年輕人，要拚經濟也要拚人氣，讓劉家人丁興旺，來年可以添更多新丁。此話一出，樂得大家笑開懷。

趁著掃墓，把傳統的習俗傳承，這讓年輕的一代，在慎終追遠的同時，還可知道某些習俗的典故，真的很不錯。

110.4.2《人間福報》

絲瓜情事

一連幾天的雨，讓陽台上的幾條絲瓜，像灌風似地一日長三回，才兩、三天沒注意，就長得比七百CC的咖啡杯還要高大，而且閃著白絨絨的銀光。先摘兩條中午和晚餐各煮一條。

傍晚時分印尼的看護問我：「絲瓜要怎麼煮？」我告訴她這是當季的，又是現摘的，怎麼煮都好吃。她笑著點頭進了廚房。晚餐時她端出一盤翠綠中灑著粉色櫻花蝦，及煎過切成細條狀的黃金蛋的絲瓜料理。這盤絲瓜不僅顏色漂亮，而且湯頭鮮甜，吃得一家大呼過癮。

我生長在萬物缺乏的貧窮農村，記得小時候，每年立春過後，媽媽會把前一年留下來的絲瓜種子，分別種在屋後的一塊小土上。種子種下後除了把土澆濕，還要在種子四周鋪上菸樓裏廢棄的菸葉，因為它辛辣，可以防止種子發芽長葉子時，被蝸牛們吃完了。若沒有菸葉，也可以用廚房大

灶裏，燒柴剩的炭灰來鋪，它同樣可以讓蝸牛或一些蟲子，難以越雷池一步。

只要能讓種子順利發芽開葉，莊稼人總會想盡辦法，因為它的生長是有季節性的，能夠不錯過是最好。這樣不僅絲瓜會長得多，也會長得好，經濟效益無形中就提高了，所以大家非常重視。

種子種下後約三天，它就如小斧頭般衝出地面，然後開始長葉子。當葉子有三、四片，身高約六、七吋時，就開始分株種植。為了不影響種稻的田地，絲瓜大部分種在田頭、田尾或屋邊、院子的畸零地。我的父母很會善用土地，先在水溝上鋪上竹子，再在溝邊種幾棵絲瓜苗，讓瓜苗蔓延在水溝上。

這樣不影響水的流暢，絲瓜也因為水溝的通風好，且容易吸到充沛的水分，而長得大且快。除了把水溝當瓜棚，爸媽也會沿著河岸，在河岸邊的柳樹底下種下瓜苗。一開始幼苗成長時，每天都要去巡一下，要讓瓜苗順勢依附在柳樹上。必要時要用稻草綁著，或把小瓜藤繞在柳樹枝上，讓它慢慢地爬高，利用交叉的樹枝，把柳樹當瓜棚，讓瓜藤透過柳樹開枝散葉，長出瓜子瓜孫。

約一個月後，所有的瓜藤都長好定位了，開始長出金黃色的絲瓜花。瓜花的芯是甜的，所以會引來蜂蝶穿梭其中傳播花粉。當微風吹來，遍地燦爛的金黃花在陽光下搖曳生姿、閃閃發光，那景色是絲瓜來臨前最美的精神饗宴。

絲瓜花開時，節儉的婆婆媽媽們，拿來小竹篩摘些花兒洗淨剁碎，灑些蔥花或紅蘿蔔，不管拌麵粉去炸或加蛋去煎，都是色香味俱全的一道佳餚。

當黃花落去，一條條綠絨絨的絲瓜，開始在不同的葉片下竄出，帶著驚喜來到瓜藤中。因春天是好時節，氣候宜人且雨水少，所以瓜兒長得特別快，不用十天半月，瓜兒就可摘食。

摘下滴著露珠的瓜兒去皮切塊，加上少許薑絲，放入鍋裏燜，起鍋前灑些鹽，湯汁特別鮮美，拌飯特別好吃。偶爾家裏米缸見底時，媽媽把三

條絲瓜切好，加些水放入鍋裏，滾熟後加入一把麵線，起鍋時灑下兩小匙鹽和爆香的紅蔥頭，那就是一家八口的一餐。雖然簡單，但是我們常為有這麼一頓豐盛好吃的美食，而感慶幸和滿足。

夏天裏雨水多，一般葉菜類不容易種植，這時絲瓜就成了主食，而我們總是吃不膩。因為掌廚的媽媽很會加以變化，今天煮的是帶湯的絲瓜，明天則是煎絲瓜餅，每天不同。煎絲瓜餅是把處理好的絲瓜切丁，拌少許鹽，當絲瓜軟化出現湯汁時，加入麵粉攪拌，然後放入鍋中慢慢地煎，煎到絲瓜翠綠，麵粉有點焦黃，溢出香氣時，就可起鍋上桌。要食用時可以加少許事先調好的蒜茸醬油醋，這樣味道更好，是百吃不厭的。

絲瓜盛產時，因為量多，一時吃不完的，媽媽會摘下來，用大畚箕挑到街上賣，換些錢貼補家用。有時量不是很多時，媽媽農事又忙，只好要身為老大的我，利用放學後用竹篩端去賣，一條一塊錢。

當時才十歲左右的我，一開始不敢走在街上，怕見到認識的同學被他們笑，所以我一直不肯去。但是偶爾會想到我要是沒有去賣，這些瓜瓜怎麼辦，放了會壞掉的，賣了可換點錢貼補家用時，我還是哭著走上街頭。

入秋時，絲瓜產季已慢慢地接近尾聲，產量還是夠家裏食用，只是我可以不用穿街走巷賣絲瓜了。絲瓜葉慢慢變黃後，媽媽開始要收集絲瓜露（俗稱絲瓜水）。在每棵絲瓜根離地一尺長的部分切斷，套上洗乾淨晾乾的寶特瓶，這樣根就會把水滴入瓶子，這就是絲瓜露。

為了要讓絲瓜露滴得更多，每天早晚要在根部澆些水，好讓根部水分充足。因為每年都種很多，所以採絲瓜露時，都要提著桶子去巡視，把寶特瓶裏的絲瓜露一一收集。約一個月後，絲瓜根滴不出水之後，採絲瓜露的工作就告一段落。此時媽媽會把所採收來的絲瓜露，放入鍋裏煮開，冷卻後再裝入玻璃瓶中保存，保存期有好幾年。

由於絲瓜露純天然，皮膚乾燥可滋潤，是婦女們愛用的保養品。在醫學不發達的年代，婆婆媽媽們把它當消炎良藥，小朋友乾咳時，讓小朋友喝一些，輕微的的確可以治癒。有人耳朵或牙齦發炎，以及夏天中暑時，喝喝它也可以解燃眉之急。或許是絲瓜露有許多好處，所以鄉下種田人家，都會在絲瓜季結束時，接些絲瓜露來留用。

這些年拜科技之賜，證明絲瓜露有美容養顏的功能，所以每年秋收之後，會有專人下鄉來收購絲瓜露，這讓莊稼人無形中多了一份收入。

當瓜藤、瓜葉都枯黃時，看似一季的絲瓜季節就結束了，其實不然。一些還掛在樹尾或枝高不容易伸手可摘的被遺漏的絲瓜，因過了可食期，已變成網狀纖維的老絲瓜了。此時要找來長竹竿綁上鈎子，把它一條條地鈎下，或爬上樹把它摘下。

把這些皮膚變厚、變褐色的絲瓜，先剝去厚厚的皮，再把瓜肉瓜子敲出，清洗乾淨後讓大太陽曬乾，就成了最天然的菜瓜布，它無毒耐用，刷鍋洗碗都好用，是廚房的良伴，很受主婦歡迎。

絲瓜就是這樣，全身都是寶，我即使已不住農村，但是我還是會在陽台種一棵，享受種瓜吃瓜的樂趣。

110.8《警友雜誌》

飯盒裏的蛋糕

我不時興過生日，總覺得每天平平安安過日子就好，這樣就天天過生日了。

會這麼想也是我一向糊塗，常常忘了今天是幾月幾號，更何況一年才只有一天的生日，要記住對我來說很難。

那天女兒下班時，順便繞回娘家。她興沖沖拿著便當盒到我面前，本以為她和往常一樣，要回來裝便當，當明天的午餐呢！沒想到她笑瞇瞇地把便當盒打開，然後說：「媽咪！祝您生日快樂！這是您最愛吃的芋頭蛋糕。」

我歪著頭問她：「今天是我生日喔！日子怎麼過得這麼快，不是剛過完生日嗎？」她聽了連忙回答：「對呀！日子忙中過，一年忽悠就過去了。」然後表示今天是她同事生日，請大家吃蛋糕。她忽然想到我也是今天生日的，於是她的那份沒吃，就裝在飯盒裏，拿回來幫我慶祝一下。她還說：「這是借花獻佛啦！沒什麼。」

好一個借花獻佛，都說女兒貼心，可不是嘛，她連一塊小蛋糕都捨不得吃，要留回來讓我分享。難怪今天的蛋糕，吃起來和以往的不一樣，它既香又甜，顏色特別柔和溫馨，最最重要的是，它多了女兒的一份孝心。

111.1.3《人間福報》

衣物．遺物

九十八歲的媽媽安息了。家人在整理遺物時，問我要挑什麼，我含著淚看著衣櫥裏那一疊疊既熟悉又陌生，是自己幾十年來一針一線所縫製給媽媽的衣褲，還被整整齊齊地擺放時，心中對媽媽的不捨與懷念更加的濃烈。

媽媽住鄉下，一輩子與田為伍，為了種作趕時趕陣的，不管刮風或下雨，她都要下田，因為莊稼人晴天和雨天的工作性質不同，所以總有忙不完的農事。因種作需要很多體力，要挖地、要挑農產品、要挑肥，沒有一項不粗重，加上南台灣的太陽一年四季熱情無比，天天要在太陽底下工作，滿身的大汗讓衣服濕了又乾。為此媽媽一直喜歡穿棉質的衣褲。白底小紅碎花是上衣的首選，因為它看起來清爽舒適、有精神，搭配黑色左右兩邊貼口袋的長褲很相稱，工作起來又輕巧靈活。而棉布不僅吸汗力強，而且與皮膚接觸感好。所以她多年來，就以這樣的穿著在過日常。

由於工作的關係，媽媽的衣服總是汗臭味，為了要洗乾淨，她總是把泡過的衣服在粗糙的石板上搓洗，她認為這樣才能把髒污洗淨，而這樣的搓洗是很傷衣服的。

以前家裏經濟差，從小看到沒能力的媽媽，總是把衣服穿到薄似蟬翼，那感覺好像只要一用力，衣服就會被撐破一樣，既不好看也少了安全感。當時在我的小心靈有個心願，只要我長大，一定要讓媽媽穿得舒服和體面。

初中畢業的暑假，我花了一個月的時間，去學會洋裁。從此我成了媽媽一輩子的專屬裁縫師，不管居家或外出服，都由我打理。我三不五時就買兩塊布料，有空時就把它做好，趁回娘家就帶給她。每一回她手拿新衣，就像孩子般高興地比來比去，然後要我不要再做了，太多了穿不完的。此時我一定告訴她：我娘要活一百二呢！然後我們母女笑成一團。

節儉成習的她，不因衣櫥裏有很多衣服就常換新的，她照樣穿到很舊才願意換，因此多年來就累積這麼多衣服。

由於我和媽媽體型相同，衣服、鞋子都穿同尺寸，所以那天我就把衣服帶回家。如今我天天穿著媽媽留下來的衣服工作，感覺媽媽並沒有遠去，那熟悉的笑聲和叮嚀，還是在我身邊迴響，而且一直都在……

110.9.20《人間福報》

我很後悔當初閃過的念頭

拜讀9月19日直心先生的大作〈還好有小偷〉，我的內心再度掀起罪惡感，很後悔當時的想法，感覺很對不起雙親。

五、六〇年代，美濃有香蕉王國之稱，那時候香蕉外銷日本，帶來可觀的外匯。所以家家戶戶都有種香蕉，只是多寡而已。我家只有兩分薄田，要種稻子、要種蔬果，還要種地瓜養豬餵鴨，實在沒有多餘的地可利用。

而我的父母勤勞，不分晝夜地挑土填河造地，在河邊樹底下填些土，然後種上香蕉苗，希望能種些香蕉，來貼補家用。蕉苗施肥後越長越高，此時父親會把長得又高又壯的蕉苗，綁在樹身上，來防止被颱風吹倒。

當香蕉長出一大串時，父親會細心地用塑膠袋把它套好，讓它不受蟲害，才有好賣相。每當香蕉成熟時，父親會割下一串，然後把它分成大小托，標上價錢後，要我利用放學後，挑到街上賣。

念小五的我，每次都把頭低到最低，就怕看到調皮的男同學，會大聲喊我名字或跟在我後面，每一回我都被氣哭了。除了怕巧遇同學，也怕大嬸們利用買我東西時，問我是哪家女兒、今年幾歲了、怎麼會來賣東西，我覺得那是我的隱私，不想讓別人知道，偏偏她們問不停，所以我不喜歡去賣香蕉。

有天傍晚父親從田裏回來，臉色凝重地告訴母親，香蕉被偷割了，這下米店的錢只好賒著。我一聽香蕉被偷了很高興，心想「還好有小偷」幫忙，這樣我就不用再拋頭露面了。

沒想到那陣子，父母為了三餐米錢傷腦筋，一個整天不言不語，一個種田回家就坐在門檻上猛抽菸。那一刻我才發現家裏的香蕉即使不多，但是還是會影響一家人的生活。

看到父母因失去香蕉而難過無助的神情，我為自己在當時心中曾經閃過的想法，感到愧疚和懊悔。

從那之後，只要有機會再上街賣農產品，我不再畏畏縮縮，我會為自己能幫父母分擔一點小忙而開心不已。

110.11.16《聯合報》

走味的潤餅

媽媽是台灣人，爸爸則出生在客家。台灣人的美食文化和客家的迥然不同。八十年前她從岡山嫁來美濃後，也把一些美食帶進我們的生活，其中印象最深的是「捲潤餅」。

得空的時候，她會用麵粉加水和些許的鹽，調成糊狀後，在平底鍋裏放下一杓鋪平，以很快的速度翻個面，當它呈現透明時就取出，一張潤餅皮就完成了。潤餅皮不能厚也不能焦，吃起來口感才Q軟有彈性，包菜時才夠緊實不容易破，因此做好潤餅皮很重要。火侯的控管，麵粉的濃稠以及翻面的時機，都要拿捏得宜，才能恰到好處。

把做好的潤餅皮鋪在乾淨的桌上，再把事先汆燙好濾乾的紅蘿蔔絲、豆芽菜、高麗菜、香菜末、蛋皮，依序鋪在上面，然後撒下一些加了糖的花生粉，接著把餅皮的左右兩邊往內摺，再拉緊上下兩方往中間捲，一個色香味俱全的潤餅就完成了。握在手上很扎實，有滿滿的幸福感。

小時候逢年過節時，媽媽會利用家裏種的蔬菜，多做些潤餅分享左鄰右舍的孩子們。由於在客家庄沒見過潤餅，所以潤餅的出現，在當時的封閉農村來說既新奇又受歡迎。

為此鄰居的婆婆媽媽們，會來請教家母做潤餅的方法。她不藏私熱心地提供經驗，只希望大家學會了，想吃潤餅時，就隨時可以動手做，不必等年節。

去年媽媽走了，清明節我回娘家掃墓。午餐時弟媳們同樣傳承著媽媽做潤餅的好習俗，希望大家吃得開心的同時，也懷念著媽媽的恩澤。

然而，吃著同樣的潤餅，我卻吃不出那種充滿溫馨笑語的美味。經再三思索，我才發現原來這次的潤餅裏，少了媽媽做潤餅時的喜悅和專注，及舉手投足的俐落神情。

111.4.18《人間福報》

婆婆的衛生衣

天氣忽然變得好冷，我找出衛生衣來穿。打開抽屜，又看見那件已泛黃的衛生衣，那是婆婆留下的，我捨不得穿，就留著作紀念。

她年輕守寡，母兼父職帶大六個小孩，生活的艱辛逼她節衣縮食。衣服破了再補再縫，物盡其用到極致。那年冬天剛入婆家門，每天看婆婆一身單衣，天未亮就下田種作，我不忍她受寒，買了兩件貼身保暖的衛生衣送她。

幾天後，我問她：「衣服合適嗎？」她說：「很保暖，穿上它早晚就不再打噴嚏了，不過有點緊，要舉手砍柴或摘瓜時，肩膀會有點繃，不舒服。」我告訴她，那再買兩件大一號的就好了。她一聽「要再買」，連忙很堅持地阻止，「這樣浪費使不得，要趁年輕存些錢，老了才有保障，新衣服緊一些很正常，洗幾次後就鬆了。」

事後我把這件事告訴外子，正在低頭吃飯的他，頭也不抬地說：「傻女人啊！這麼小的事就把妳難倒了，原來狸貓換太子的戲妳是白看了。」我聽了先是愣了一下，然後說：「但是……但是新衣服跟洗過的，是看得出來的呀！」結果他又丟來一句：「說妳笨，還不服氣呢！」

傻女人就衝著這句話，把大一號的衣服，泡水後再搓洗。趁著婆婆還在田裏，把竹竿上的換下來。兩天後婆婆很高興地告訴我：「衣服洗幾次就變寬了，還好妳沒有再去買。」我一時還沒意會過來，倒是一旁的外子賊笑著白我一眼。

就這樣，婆婆天天開心地穿著她認為因洗過就變大的衛生衣，一連好多年都如此。她過世後我挑了兩件比較新的作紀念，每年冬天拿出來穿一、兩次，過過水再曬乾收藏。

每次看到它，就像看到婆婆一樣。她那種勇敢面到生命，以最堅強和刻苦的身教和言教，做子女最佳典範的精神，永烙在心中揮之不去。

111.2.7《人間福報》

清明掃墓

清明是節氣，也是年度裏重要的節日，是掃墓時節。在客家的習俗裏，掃墓的時間會因來自不同原鄉而有不同。北部客家是年初二開始就是掃墓季節，南部客家是從農曆二月以後，就可以掃墓了。一般家族選擇周休假日，方便大家作息。也有些小家族，只要大家方便，約好時間就去掃墓了，沒什麼硬性規定的。

我娘家是大家族，族人分布全省甚至海外，為了方便大家的行程，就規定每年農曆二月的第一個星期日早上，就是我們劉家的掃墓日子。

於是每年的這一天，來自四面八方的族人，為了慎終追遠、緬懷先人，都會攜家帶眷，帶著豐富的牲禮、水果、飲料，還有一顆誠摯的心共同來掃墓。希望在這個有意義的日子裏，為祖先們獻上一炷香，感謝他們的庇佑，讓子孫們身體健康、事業順利、歲月靜好。

每次掃墓就像個大聚會，大家會趁著這難得的機會，聊著一年來生活日常的點滴。掃完墓的中午，大夥兒聚在三合院的禾埕上，開心地捲起袖子，分工合作共同來辦桌。有的洗碗筷、擺桌，有的切菜、洗菜、配菜，懂料理的就下廚掌杓，把自家種的農產品和拜拜的牲禮，煮成一道道的佳餚。

由於都是自家人，感情特別濃厚，特別有默契，大家合作無間、過程順暢，很快地就可上桌用餐，讓大家享受超大家庭的聚餐趣味。能來參加的相見歡，歡聚一堂。對於不能前來的，也要關心一下，透過資訊來個線上問安，就是要凝聚向心力，表現劉家同心協力的好典範。

掃墓就是這樣，除了感謝先人們的恩澤，也感謝世代子孫，一年一次的大結合。

111.4.4《人間福報》；111.4.5《青年副刊》（因未通知錄用，才投《人間福報》，結果產生兩家都刊出的尷尬）

陽春麵

儘管形狀有寬有細，又稱白陽麵、光麵、清湯麵和上海麵的「陽春麵」，是很庶民的食物，但是卻很少人知道它名字的由來。

這幾天外子有點吞嚥困難，無法吃一般的米飯，整個人因沒吃東西，顯得有氣無力。於是我問他，「想吃一點別的嗎？」他想了半天才說：「去買碗陽春麵吧！好久沒吃了。」

聽他說好久沒吃了，我才想到我們真的好久好久沒吃陽春麵了。記得四、五十年前，我們剛到台北，在通化街租屋。有一天晚上，他值班到深夜一點多才回家，當時寒流來襲，外面冷颼颼。結果他說：「今天是妳生日，我們去吃一碗陽春麵來慶祝吧！」我從小在鄉下長大，在那之前我沒聽過「陽春麵」這名詞。也覺得台北人真幸福，麵可以整碗吃，不像我們鄉下人，麵是拿來配飯的，而且要請客時才有機會享用，一餐也只能吃上幾條。

懷著雀躍之心，和他一起進入街頭轉角的「淮安麵館」，老闆夫婦都是大陸來台的，口音非常重。當老闆端麵上桌時，我好奇地問他：「它怎麼不叫中秋麵或暖冬麵，而是陽春麵呢？」這時老闆拉起身上的圍裙猛擦手，然後告訴我它的故事。

他說，乾隆二十七年時的陽春三月，皇帝帶了一個隨從，就微服遊江南。當他南巡到了淮安城時，在一個麵攤上，吃到一碗很特別的麵。碗裏條條分明的白麵上，浮著翠綠的蔥花、幾片小白菜，清新的湯裏還飄著淡淡的小麻油香氣。

乾隆皇一連吃了兩碗後，讚不絕口地問店小二，這樣美味的人間美食叫什麼名字。小二搖頭說它沒名字。乾隆皇深思片刻後表示：淮安是漕運要地，每年上交朝廷的稅很多，對朝廷貢獻很大，現在正是陽春三月，就叫它陽春麵好了。意思是淮安向朝廷交稅，就像春天萬物生長一樣生機勃勃，也像麵條一樣連綿不斷。自從乾隆皇御筆賜名「陽春麵」之後，它從此成了江南地區著名的傳統小吃。

另有一種說法是，據《辭海》釋：農曆十月為小陽春，市井隱語以陽春代表十，而陽春麵上市時，價格剛好十分錢一碗，十分錢與十皆為十數，正好給陽春麵美名。

老闆還告訴我，他們夫妻隨國民政府來到台灣，人生地不熟，謀生不易，於是開了小麵館，就賣他們的家鄉味，沒想到台灣同胞很捧場，小生意勉強可以維持生活。他們透過一碗麵一份情，懷舊著家鄉味，讓自己雖身在異鄉，卻沒有遠離家鄉的感覺。

聽老闆說著陽春麵的故事，我這井底之蛙，也免費地上了一堂歷史課。這樣的際遇讓我覺得這個生日過得很有意義而且有趣。即使我吃的是兩塊錢的陽春麵，我也開心至今。

一轉眼半個世紀過去了，當時的麵館已改建大樓，陽春麵的價位也已翻了二十幾倍。但是陽春麵因做法簡便，不需要特別加料，加上它不油不膩，湯鮮味美爽口，老少咸宜，所以依舊在街頭巷尾飄香，深受喜愛。

109.11.10《中華副刊》

0912002501

0912002501是媽媽的手機號碼，從手機問世到現在，多少年來我們母女就以這個號碼在空中互動，傳遞著不同的心情故事，分享著各種人情世故的點點滴滴。

這幾天我和往常一樣，早上八點鐘左右，忙完手邊的工作，就要撥個電話向住在美濃的媽媽請安。會選這個時間，是因為她已散步回來，吃完早餐，正在屋簷下看報紙，是最悠閒、清靜的美好時刻。

每次電話拿起，她就一聲：「嗨！」她聲音細柔清亮似童音（好多次她接到詐騙電話都叫她小妹妹）。她打完招呼，我就接著說：「媽咪喲！歐嗨喲！」每一回她都會說「日頭已上三竿了，不早了」，然後呵呵地笑著。因媽媽懂日語、國台語和客家話，所以我們的對話很隨興，怎麼說都通。天南地北地閒聊，手機始終傳遞著我們亦母亦友的歡樂訊息。

在媽媽大約九十七歲的後半年，在通話的過程中，我發現她有失智的傾向，每次和她通話，她很快地把剛說的話又忘了，於是重複再重複。有時說到一半，她會問我：「妳是誰呀？」或是說著說著，她就說我不知道要說什麼啦！然後一句：「撒喲哪啦！」就掛上電話。不像過去我們可以熱線半天，她可以高興地說著生活大小事，我只要靜靜地聽。

發現這情形後，我們還是每天通電話，只想要聽媽媽說話，只要知道她講話中氣十足、心情很好，即使說的話語無倫次，讓我心疼不捨，但是我還是非常珍惜，因為她是我媽媽，對這樣一個百歲人瑞，我只有感恩。

媽媽的記性大不如前之後，我回娘家的次數變得更密集，陪她吃飯散步，夜裏和她抵足而眠，感受母愛的溫暖。她知道我會認床，所以她每次醒來，都會問我：「妳又睡不著了？」每一回我都用日語回她：「有歐咖桑在，我睡得很好。」然後我們相視而笑，牽著手繼續睡。

或許是多年來我們這樣的互動，讓她心有所託，即使到後期她偶爾會不知道是誰打來的電話，但是只要時間一到，她就會很期待。有好幾次我在早餐後，看她在看報紙時，不時地看手機，好像在等什麼，就問她：「您在等電話嗎？」她有點緊張地搖搖頭，於是我躲在門後打電話給她。

她拿起電話高興地打招呼，沒說幾句就關機，把手機放進口袋的霎那，是一副悠閒自若的滿足神情。從那次以後我不管身在何處，早上八點就和她電話連線，那怕她的話越來越少，我還是很享受那份屬於我們母女的相聚時刻。

前陣子她有吞嚥的困難，經醫生診斷是器官老化，因無法進食，身體日漸虛弱，慢慢就走到人生盡頭，結束了九十八年的精采人生。幾天來我還是沒有適應，一向健步如飛、身體健康的媽媽，就這樣遠行了，所以每天早上我還是情不自禁地拿起電話向媽媽請安。

儘管電話裏一再出現這是空號的警語，我還是會說：「媽咪喲！歐嗨喲！」那怕哽咽地發不出聲音，我還是會努力地使盡全身的力氣告訴她：媽媽！感謝您的養育！願您一路好走，安息千古……」

111.3.18《中華副刊》

無聲勝有聲

我生長在偏僻的農村，小時候很愛看書，偏偏家裏買不起書。父親為了滿足我，就找里長們要舊報紙，因為當時的里長家，有政府送的免費報紙，看過就丟。父親撿來，分門別類地把它裝訂成冊，讓我當書讀。

在手寫的年代，偶爾看到副刊徵文，又買不起稿紙、信封和郵票，就想做罷。父親知道後，省下買香菸的錢，讓我買這些投稿的用品。每次看到鄰居叔伯買香菸，都是買整包的，而父親卻只能買一支、兩支時，我的小心靈很不捨。

那時候，我每篇稿費五元到十元不等，都是限時掛號的即期支票，小孩子沒印章不能領，是父親騎著腳踏車，繞好遠的路才到郵局領到。每次領稿費，父親就幫我買齊必備用品，讓我無後顧之憂，可以安心地寫。

因家裏沒報紙，我不知道文章何時刊出，等到領到稿費時，已是經過一、兩個月的時間了，要找到很難。鄉下沒圖書館，父親不放棄，里長家找不到的，就去學校找找看，每次看他利用中午下田時間，忙得滿身大汗，我都於心不忍。

生活改善後，家裏訂報紙了，每一回看到我有作品刊出，他比我更高興，還幫我剪貼。有一回我因得獎，接受了記者的訪問，當這個畫面出現在電視上時，他高興得說不出話來，只對著我比個大拇指。

為了感謝不擅言詞的父親，一路走來默默的幫忙與支持，這麼多年來，我一直不忘初心持續地寫，即使工作再忙也不放棄。幸好皇天不負苦心人，我終於寫出十多本的散文集，還幸運地寫進「美濃現代作家」的行列。

如今雖然父親不在了，但是每次提起筆，我還是感激他當年的啓蒙。

111.8.31《人間福報》，本文入選「父愛」徵文

實至名歸的典範

其實知道舍弟阿銘仔，獲今年獅山里的模範父親殊榮的當下，我一點都不意外，反而覺得那是他當之無愧的榮譽。

從小生長在要什麼沒什麼的務農家庭，在環境無法供應他繼續唸書的條件下，似乎已經定下了，他這輩子以農為業的宿命。由於家裏僅有兩分薄田，在種植技術不發達的年代，每年收割的稻米，都不夠一家八口餬口，經常還要靠番薯籤貼補。

為了要幫父母分擔家計，身為長子的他四處打工。由於他認命、不怕臭、不怕髒，肯吃苦耐勞，加上有一身好體力，所以工作倒也順遂。結婚生子後，為了增加收入養育子女，他不僅有自己的池塘養魚，還兼賣魚一貫作業。夫妻倆胼手胝足，用篤實、守信的態度，憑勞力和不服輸的骨氣，一步一腳印走進屬於自己用汗水換來、可以安居的家。

過去大家都說「台灣錢淹腳目」，只要肯彎下身多走幾步路，就可撿到錢。雖然很多人都懂它的道理，但是真正去實踐的人卻不多。而他卻是我心目中，實踐得最透澈的一位達人。他每隔三、五天會到旗山菜市場，載一些魚攤去除的雜碎和菜攤剝棄的高麗菜葉，絞碎後餵養雞鴨，不僅省下飼料錢，雞鴨還長得快，生下的蛋特別香濃，蛋黃都滴著油。

他就是這樣深知天道酬勤，善用機會吃苦耐勞，身兼數職，白天晚上都有忙不完的工作。有時父母親看了心疼，會勸他放慢腳步，該休息時就休息。

他雖然沒有和父母同住，但對父母的關懷從未少過，每天一大早就泡一壺清茶回來，先在祖堂敬祖先並上三炷香，然後陪父母吃早餐，再下田工作。傍晚下工時，再繞回家裏，和父母說說話再回龍肚。他這樣的晨昏定省，一直維持了數十寒暑，即使父母已仙逝，他同樣每天回來為祖先上香敬茶。

以前父親的朋友美德伯、志安叔、敏叔、群華伯、煥明叔，因經常到家裏來聊天喝茶，每次看到他對父母的敬愛，都會很羨慕我的父母很幸福，能有這樣貼心的兒子。他們也會自我調侃一番，感嘆自己生的兒子是戴方帽子的，書是讀得多，卻不如戴斗笠的，能處處體親心。

他除了經常會買些東西孝敬父母，每年父親的生日，他會自己下廚，作幾道家常菜，邀請父親的朋友到家裏來，把酒話桑麻，讓父親開心。每次看到這些世叔、世伯感動開心的樣子，我都會很感謝他，對父母的用心良苦。儘管沒有山珍海味，但那份讓大家歡喜之心，就盡在不言中了。

在父母面前，他是稱職的兒子，讓父母以他為榮。在他子孫面前，他也是個好父親、好阿公。雖然從事的是耗體力的農務，只靠雙手打拼，必定甘苦備嚐，而他無怨無悔、步步為營，要養鹿又要養羊，工作量之大不足外人道。但聰明機智的他，自有自己解壓的方式，憑己之力工作起來，倒也游刃有餘。

他幽默風趣、廣結善緣，有他的地方就有笑聲，讓大家喜歡和他做朋友。他不亢不卑，在人情世故應對進退中，都謹言慎行，作為子女最好的身教和言教，真是實至名歸的模範父親。讓虛長幾歲的我，不僅能分享他的成就，也一直以他為借鏡，希望向他學習成長。

那天無意中得知他要被表揚，讓我特別開心。因為我看到他數十年來無怨無悔的付出和努力，終於被看到、被肯定了，那是無法取代、至高無上的光榮，很真實、很值得慶幸和感恩。

111.8.19《月光山雜誌》

探問昨日

媽媽去年仙逝，我為了感念她的恩澤，在前陣子出了一本散文集，就以她勇於面對生活的艱辛挑戰，及能忍辱負重的刻苦精神為典範，取名「牛筋草」。因為在我心裏，牛筋草不怕踩踏，不怕連根拔起，還能絕處逢生的堅強韌性，和先母的境遇有很多相似之處。

沒想到書出版後，我收到很多鄉親朋友的鼓勵，和一些有趣的迴響。有位八十多歲的阿伯來電，他很直接，電話一拿起來鬮頭就問：「妳媽媽不是日本人哦？」我笑著回答：「不是耶。她是岡山的河洛人。」他聽了又遲疑一下說：「奇怪呢！她明明就是日本人，說話輕聲細語，待人親切，鞠躬都九十度的，又有一口流利的日語，這些都是日本女人才有的樣子，所以怎麼看她都不像河洛人呀！」

聽他一連串的分析，我忍不住地笑了，也覺得他說得不無道理。因為本性善良的她，就是有溫良恭儉讓的好美德，即使在美濃住了快八十年，她依舊保持著溫柔婉約的習性。或許是她身上一直散發著，這些日本女性給人的美好印象，所以他才會把先母誤認為日本人。不過無論如何，我還是非常感謝他，給予先母的極好評價。

無獨有偶，有位大哥也來電問我，關於先母到底是河洛人，還是客家人。我好奇地問他：怎麼會有如此的疑問？他很含蓄地表示，認識先母五十多年了，自己一直搞不清楚，她到底是哪裏人。

要說她是客家人嘛，她講的客家話又會夾有一些腔音，感覺和身邊的客家人說的有點不一樣。要說她是河洛人嘛，又為什麼會說流利的客家話？因為客家話被認定是比國、台語更難學的語言，而先母卻可以說得很流暢，這不是非客家人容易做到的，所以他以前每次遇上先母，腦袋裏就有這個問號，如今看了《牛筋草》終於瞭解了。

聽他滔滔地說完幾十年來藏在心中的疑問，我不得不讚歎他有顆細膩的好奇心，才能對先母觀察入微，才能透澈分析疑問，真的很了不起。

另外，他還很高興地告訴我，其實他很羨慕先母能生出一個可以把自己媽媽的故事寫出來，讓大家分享的女兒，這不簡單啊！為此我也告訴他，並不是我有什麼過人之處，只是因為我幸運，上天給了我一個充滿智慧、懂得經營人生的好媽媽，才讓我有機會書寫。

也有人看完書後急著問我：妳爸爸不會講河洛話，妳媽媽又不懂客家話，那他們要怎麼溝通？對於這一點看倌盡可放心，他們一輩子都用異國語言——日本話互動，所以生活日常一切OK。

還有人告訴我，以前她很討厭牛筋草，在屋前屋後看到了，恨不得拿把鋤頭把它剷除。但是自從看了拙作後，感受到牛筋草的韌性和毅力，對它反而起了敬意之心。會有這樣的轉變，她自己也頗感意外，卻也很感謝我，在字裏行間中，道出了牛筋草的特質，點醒了她原有的思維，原來大自然裏處處皆學問，只是我們疏忽了潤物細無聲的真諦。

又聽說有幾位未曾謀面的別班「同學」也情義相挺，他們自己買書收藏外，還分享身邊的朋友，這份情我銘刻肺腑，除了感謝之外，也覺得自己並不孤單，寫作路上還有同學默默地支持著，這何等不容易啊，我會非常珍惜。

有位退休女老師問我：寫這本書應該有流掉一缸的眼淚吧？因為她和我並非同根生，光用看的就已經流了一水桶了，更何況我是一筆一劃寫出來的，那錐心的過程她可以想像。

真是知我者莫若她，一眼看透我心中最柔軟之處，我愣了好久回不出話來。最後我告訴她，血就是濃於水，千古不變。不才如我要寫親情真的很挑戰，所以在我的作品中除了寫父母，很少看到我對其他親人的著墨。

想起當初會寫這本書，就是希望媽媽的牛筋草精神，透過書寫讓後世子孫，作為永恆的懷念。畢竟它是一份珍貴的無形資產，無可取代的。

都說人走茶涼，而我卻從一本小書的迴響中看到，人走了茶依然是溫熱的，那是一種超然的人生境界，平凡如我卻能擁有，怎不慶幸和感動？

感謝大家對先母的敬愛和寬容，才成就了她精彩豐富的一生，也要感謝上蒼對她的眷顧，在她百年的生命裏少有病痛，一直健健康康地過好每個日子。

更要感謝這些認識與不認識的朋友們真誠的打氣，讓我在寫作路上多了信心和力量，可以盡情地揮灑，繼續地前進……

111.6.29《月光山雜誌》

哭，我不想

不知是天性使然，還是我特別重感情又淚腺發達，從我有記憶開始，我發現自己很愛哭，難過也哭，高興也哭。

小時候看到小弟弟摔跤了哭喪著臉，我就跟著哭。他爬起來後呵呵地笑了，我的眼淚還在流哪！鄰居的小朋友因犯錯被打得放聲大哭，我也跟著大哭一場，我不知道被打的明明又不是我，我有啥好哭的？

上學後看到男生打架，被老師抽鞭子了，他們還沒哭，我倒先哭了。老師問我為什麼要哭，我傻傻地回答：「他們好可憐喔！」老師再問：「他們做錯事該不該處罰？」我邊抹眼淚邊點頭說：「應該。」

以前有位學姊媽媽過世後，她每天揹著兩歲的弟弟來上學。每次看她俐落地幫小弟弟餵飯或換尿布，我會偷偷地掉淚，覺得她還那麼小就沒媽媽，已經夠可憐了，還要照顧弟弟，怎不讓我難過呢？

有位同學腳程快，每次賽跑她都拿第一，她上台領獎時我又哭了，總覺得她怎麼那麼厲害呀！我們一起出發的，我才跑一半，她已經到終點了，這一回我很確定，是為自己不如人而哭的。

以前聯考放榜時，看到鄰居的孩子考上，我又高興得哭了。知道某某沒考上，我當然要哭，因為我知道他將跟我一樣，這輩子無緣當學生了。

長大進入社會，第一天去上工，我一路哭著，想想自己終於長大了，可以替父母分擔一點家計了，那是期待了多少年才等到的。領了工資交給父母時，我又哭了，這一回我是哭中帶笑的，因為我知道我們家將慢慢離開貧窮了。

有機會去喝喜酒，看到新娘的爸爸把女兒交給女婿時，我又哭了，直覺地要把女兒嫁出去有好多不捨呀！換我嫁女兒時，我當然會哭。看到自己一點一滴帶大的女兒，有了圓滿的歸宿，我怎不喜極而哭呢！

這陣子疫情蔓延，人心惶惶，外子卻兩次住院。醫院管制嚴格，只能留一人陪病。偌大的醫院只留一個通道，來限制人員進出。我整天待在醫院，看著病人和家屬一副無奈的神情，我常是眼眶潤濕。

看到醫護人員忙來忙去和時間賽跑，儘管工作緊張繁重，但是他們還貼心耐心地善待每位病人，只希望病人早日康復，我一感動又哭了。

眼看和外子同病房的病友，因病情緩和可以出院時，我替對方高興得哭了。因為在這樣的關鍵時刻，能夠盡快離開醫院，對病人和家屬來說，那是多麼值得高興的事。雖然我們素昧平生，我也要高興地給予祝福。

病友出院了，新的病友又未進來時，整個病房只剩下我們夫妻。此時此刻的那種寂靜無聲會讓我不寒而慄，一想到他不知道什麼時候才能出院回家，我難過得不停掉淚。

很慶幸的是，在醫護人員的努力下，他的身體一天天地在復原中，十五天後醫生告訴我隨時可以出院了。聽到可以出院時我如釋重擔，那種如同重獲自由、重見天日的感覺，是多麼值得我好好地哭一場來慶祝的，不是嗎？

我就是這樣淚腺發達、愛哭成癮，遇到任何事，不管悲喜總是會哭，為什麼哭我也說不出多正當的理由。身邊的朋友看我愛哭，就常調侃我說，應該去當演員才對。人家劉雪華三秒鐘掉淚，就可以拿金鐘獎，而我不用三秒鐘就搞定，那速度比起她是有快之而無不及。每一回聽了我都無言，因為說真的我也不想哭啊！

109.7《警友雜誌》

秤頭是路頭

昨天清晨我剛起床，就接到鄰居李姊的電話，她表示，媳婦在陣痛了，她要去陪產，一時半刻可能回不來，但是前一天下午就煮好的筍子，不趁今天拿去市場賣，就要發餿了，很可惜。她問我能不能幫忙處理一下。

遇到這種生產大事，我當然義不容辭趕過去。當我提起一大桶的筍片欲離去時，她特別交代，記得斤兩要足夠，「秤頭是路頭」，不能占客人便宜，我笑著點頭稱是。

其實這句話對我來說並不陌生。小時候家裏有養過蛋雞，每天傍晚媽媽會把當天雞生的蛋，用竹籮挑去街上賣。有時農事忙她離不開，放學後的我就必須代母賣蛋。

每一回媽媽都交代，秤好講好價錢後，記得送一顆比較小、賣相較差的給買主，讓對方知道，我們不僅斤兩足，而且還多了一絲絲的謝意。只要大家知道我們童叟無欺，以後都會找我們買，這樣我們的生意會更好。

當時我不懂這些道理，只覺得有秤夠就好了，為什麼還要另外送一顆？要是把賣相不好的留著，我們姊弟的便當就不用帶看不到蛋的「菜脯蛋」了，還有可能升級到每人能有一顆荷包蛋呢！

媽媽就是這樣，寧願讓子女少吃，也要多給客人一些。她告訴我做生意本該如此，除了講求信用之外，也要顧到人情互動的溫暖。當買賣雙方建立信任後，生意就可以長久，路就越來越寬廣。這就是台語常說的「秤頭是路頭」的最佳詮釋，也是古人經營生意的智慧、待人處事的原則。

知道這個道理後，我一直謹記在心，始終謹守這份商道。在論斤秤兩的買賣裏，從不偷斤減兩，只會多秤一些給買者，畢竟商道是酬信的。那天幫李姊賣筍子，我也是這麼做，所以才一會兒工夫就賣完了。

110.11.2《聯合報》

暖心無花果

我家與兒子家住得很近。他只要到他鄉異國出差，都會帶些當地的土產，讓我們兩老分享。有聽聞哪家餐廳有特殊美食，也會帶我們去嚐嚐。

過去外子對兒子的貼心，認為理所當然，不僅不像我老把「謝謝」掛嘴邊，還會說：「這普普而已，又沒什麼好吃。」儘管如此，兒子還是一樣不停地做著，他認為應該做的事。

昨天傍晚兒子送來一顆他家院子今年第一顆成熟的「無花果」，讓我們嚐鮮。因為新鮮的無花果很罕見，一般吃的大部分是進口的果乾。好奇的我接過生平第一次見到的果子，就放在手心轉了轉，一睹它的丰采。它形狀似蒜頭，顏色深紫色，肉質微軟，肉裏藏滿了又細又小的圓粒。

我把它切成兩半，一半給外子。他往嘴裏送後，露出難得的笑容。兒子問：「阿拔，好吃嗎？」沒想到外子除了說了「好吃」、「很甜」之外，還多了一句「謝謝」。

或許這句「謝謝」對兒子來說很陌生，但也讓他很感動。在錯愕之餘，連忙摟住外子的肩膀，而且不停地拍著，讓一切盡在不言中。

111.1.18《青年日報》

第四輯

好雨知時節

相信能當個與世無爭，日出而作、日入而息的務農族，是很多從職場退休的人嚮往的生活。畢竟它沒有壓力，一切隨心所欲，可以藉此勞動強身，又可以享受春耕秋收的喜悅。

想想看，能自己整理一塊地，然後種下不同的蔬果，從撒種抽芽、成長茁壯，到欣欣向榮、開花結果，這是多麼美好的願景呀！

家裏屋後有塊地，一直都荒廢著，就利用春暖雨潤的季節，把它整理成菜園，享受一下春天播種的樂趣。先鋤草翻土，再整理菜畦，忙碌幾天後，三塊菜畦成型了。因地處山坡，地形大小不同，所以我先評估哪些菜長得快，就種在大面積的菜畦，長得慢的就種在小面積裏，而最邊邊的那一塊，就要種有藤會攀附的瓜果之類，這樣才能地盡其用。

有了目標之後，開始在畦上鋪下薄薄的，平時用樹葉、果皮、野草，經不斷地翻動發酵而成的灰黑堆肥，然後再鋪上一些泥土，接著把不同的種子撒在上面，也把不同的菜苗分種在不同角落。把所有該下土栽種的不同菜類都種好後，就在每一畦的角落插下一根尺餘高的小柱子當撐架，然後蓋上作紗窗的網子。

網子可隔絕蟲害和大雨水，但是它有細洞可以通風，又可讓底下的菜苗吸收到陽光，最最重要的是，這樣可省下農藥和捉蟲的時間。把所有的網子都綁緊後，種菜的工作就完成了。

經幾夜春雨後，我再去菜園子時，發現網下已一片綠意。青江菜、茼蒿和橄欖菜發芽後，從淡色漸漸轉成深綠色，有半尺高，可以採食了。忍不住地拔了一些，成為桌上餚，享受一下人間至味是清歡的美好。

葉菜類綠油油，而絲瓜苗和南瓜苗，也不甘示弱大剌剌地得寸進尺，匍匐前進……小番茄和辣椒苗，已悄悄地把網子撐高了。

看到滿園青綠、朝氣蓬勃，我第一次感受到春的氣息是如此的神奇，萬物在它似有若無的滋潤下，就可以開花結果。也想起小時候，父親在講授杜甫的「春夜喜雨」的開心畫面時，我無法體會詩中之意的懵懂。沒想到會在年歲漸長的今天體驗了。

原來「好雨知時節／當春仍發生／隨風潛入夜／潤物細無聲……」的情景，是那樣地讓人驚喜和感動。

111.3.31《青年副刊》

百花齊放頌春天

春天的天氣乍暖還寒，偶爾細雨霏霏，偶爾又春陽高照。那天我們一群人趁著難得的大好天氣，搭公車上陽明山，來一趟陽明山輕旅。

當我們沿著山徑，來到了大花鐘時，看到成排的櫻花正盛開著，在微風輕拂下紛紛起舞。山坡上層層疊疊的杜鵑和五顏六色的海棠，也都在爭奇鬥艷各展花姿，妝點著整個山谷，讓所有的遊客驚呼連連，大家忍不住拿著手機，拍下這美麗的景色，要把春天留住。

看著滿山遍野的花花草草，讓我想起數十年前，第一次來陽明山的情景，那是小學的畢業旅行。記得當老師宣布，畢業旅行要去「台北的陽明山」時，住在南部鄉下的我們，一聽到我們要去「台北」，個個眉開眼笑。

因為在那封閉的年代，我們沒離開過村子，也沒有坐過那麼大台、有車掌小姐會唱歌給我們聽的遊覽車。更何況我們要去的是好遠好遠的大都市台北耶，連晚上睡覺説夢話都説要去台北旅行。

去台北的日子，在同學們千呼萬喚下終於到了。學校規定早上六點集合，七點發車，沒想到大家睡不著，天未亮就來學校了。

當七點整，三輛遊覽車載著我們，浩浩蕩蕩地從學校出發，一路上同學們朝著窗外東張西望，有人看到好長好長的火車邊吐煙、邊戚戚恰恰往前行；有人看到很高的樓房。

中午時分我們在台中休息，順便用午餐。大家第一次在飯店吃飯，也第一次看到桌子可以轉動，會把飯菜送到每個人面前，感覺太神奇了。那天到台北時天已黑，大家期待著明天就要去陽明山。

當天一大早就上山了，同學們看到無奇不有的各種花兒，又驚又喜，因為在鄉下只看過雞冠花、圓仔花……而在這裏所看到的，都只有在書裏看過，如今能一睹花兒真面目，怎能不高興呢？

同學不停地問，老師不停地回答。當老師提到杜鵑花時，同學們忽然不約而同地唱著：「淡淡的三月天／杜鵑花開在山坡上／杜鵑花開在小溪旁……」大家歡樂地唱著，直到下山時分，還意猶未盡。

如今櫻花、杜鵑依然逢春開放，而當年春天曾經上山賞花的孩子們，雖已年歲漸長，但數十年來，他們不曾忘記，陽明山上百花齊放的春天。

111.3.17《青年副刊》

一聲蟬鳴迎盛夏

那天剛吃完粽子，就聽到屋後山坡上傳來一聲嘹亮的蟬鳴，好奇地站在陽台，小心翼翼地往各樹枝探望，希望能發現為今年夏天唱出第一首歌的蟬寶寶。

記得小時候，常聽老阿嬤說：「吃完五月節的粽子，破棉襖就要收起來了，因為夏天到了。」念小學時，老師告訴我們，當蟬聲響起，就是夏日時節了。夏天是屬於蟬鳴的季節，既喧嘩又熱鬧的，很值得期待。

還記得有好幾次，教室外的鳳凰木上百蟬鳴唱時，老師領著我們趁興來個自然課的課外教學，每人發給我們一支約三尺長的小樹枝。我們邊走，邊隨著蟬聲，輕輕用手上的樹枝撥開濃密的樹葉，就會看到停在樹枝上的蟬兒，正在努力地高聲歡唱。肚子隨著聲音的高低一鼓一鼓的。

在走走停停中，老師藉機說著蟬寶寶的故事，原來蟬媽媽在樹上產了卵後，卵很快就變幼蟲。幼蟲會往樹根移動再進入土裏，然後靠著吸允樹根的汁液成長，這時間是三、五年，甚或十多年不等。

當幼蟬能獨當一面時，就破土爬上樹枝，約經過五次的脫殼蛻變後，就是成蟬了。公的成蟬為了求偶，就引吭高歌，希望透過歌唱讓母蟬容易發現，可以完成孕育下一代的神聖任務。

小時候聽到蟬聲，總覺得很聒噪，或許是天氣熱。自從知道蟬的生命故事之後，對蟬多了一份敬愛和憐惜。如今年歲漸長，對蟬鳴的體會就另有風情，反而覺得要感謝牠們，是牠們以生命之歌來豐富了夏天，讓夏天多了交響曲。

每當蟬聲響起，就會憶起白居易「早蟬」的感傷和貼切：「六月初七日／江頭蟬始鳴／石楠深夜裏／薄暮兩三聲／一催哀鬢色／再動故園情／西風殊未起／秋思先秋生／憶昔在東掖／宮愧花夏聽／今朝無限思／雲樹繞湓城。」

111.6.23《青年日報》

桂子飄香時

最近這陣子，不管是外出回家一進家門，或是夜半醒來，都會聞到一股幽香，似有若無地飄散在屋裏每個角落，那感覺令人神清氣爽，忍不住地會心一笑，覺得日子過得真幸福。

或許我生長在農家，三合院的前庭後院角落裏，長輩們喜歡種上桂花。一方面「桂」和「貴」同音，在客語裏貴就是貴氣、貴重和高貴，是吉祥字，桂花也就是吉祥花。加上桂花不是大紅大紫的鮮豔欲滴，而是細白高雅、精緻含蓄，如小家碧玉，只是默默地散發出宜人香氣。這樣的花性和客家人傳統保守的習性相似，所以在客家村裏備受喜愛，家家都種，隨處可見。

小時候常看到老奶奶在桂花盛開時，拿來竹篩把一朵朵的桂花摘下，放進竹篩鋪平晾去水分後，用牙籤把雜質挑掉。然後把它放入小玻璃瓶

中，加上蜂蜜或冰糖，關緊瓶蓋，放進陰涼的屋簷下或廚房角落，幾個月後，就變成香醇美味的桂花蜜。

在零嘴缺乏的年代，老奶奶偶爾會用湯匙，舀一小匙放入我們嘴裏，讓我們甜甜心。有時用桂花蜜煮雞蛋或湯圓，為我們打牙祭，那是童年時最奢侈的享受。

長大後儘管住在都市叢林，但是對桂花的思念絲毫未減，於是想辦法在陽台盆栽桂花，把家鄉熟悉的桂花香味移到窗前門外。每年入秋之後，桂花飄香的季節，在他鄉異地的我，同樣可享受到和南部老家一樣的花香氣息，很滿足、很歡喜。

由於它可插枝，於是我常利用春暖花開時，做盆栽插枝來分享鄰居。因它認土認水，不需特別照顧，存活率很高。如今鄰居們陽台上都種有桂花，所以整條巷子，每年入秋後，就花香四溢，很療癒，很開心。

110.10.30《青年副刊》

蛙鳴吟唱好時光

這陣子天氣轉涼了，院子裏的青蛙家族心情一好，就唱個不停，讓我的心情也跟著輕鬆許多。

一直以來我只知道，家禽或家畜很有靈性，會聽人話，會透過表情或聲音和人類互動，但是我卻不知道藏在暗處、難得見面的青蛙，也能透過人類的聲音，而有所回應。

家裏的院子裏，有盆栽、有蔓延在圍牆上的花藤、有石椅，還有一個水族箱。箱裏除了荷花，還有優游的泥鰍、田螺、吳郭魚，另外還有幾隻深藏不露的青蛙。

本以為青蛙只在入秋後到次年的春天，牠們為了求偶，才會發出嘓嘓的叫聲，其實不然。經過幾年來的觀察，我才發現偶爾想念牠們，想聽聽牠們的叫聲，或想知道牠們究竟躲在哪個角落時，我只要拿起水龍頭四處輕輕噴一下，牠們立刻會有反應叫幾聲，告訴我牠們都在，並沒有離開，只是沒有出現在我的視力範圍。有時晚飯後坐在石椅上，刻意地「嘓嘓」幾聲，牠們也會立刻回幾聲，來滿足我的好奇心。

以前住農村，有時天氣悶、濕度高，若此時青蛙叫不停，父親就會說：「蛤蟆（鄉下對青蛙之稱）大聲叫，必是大雨到。」結果每一次都靈驗。大雨過後因涼爽，青蛙都跳出洞外，來個大合唱，天籟之音此起彼落，成為雨後農村最美妙的交響樂。

院子裏的青蛙原本只放兩對，幾年來牠們代代相傳。雖然我一直沒再見過當初放進水箱的蛙夫妻，但是如指甲般大的蛙子蛙孫們卻隨處可見。在樹枝上、圍牆下、荷葉上來回跳躍，甚至還侵門踏戶到樓上作客。鄰居們還特別用小網子把牠們送回來。

傍晚剛下過一陣雨，蛙兒一開心又開始唱了。成蛙唱得慢，音量渾厚低沉；小蛙兒聲音清亮，節奏也快。只要成蛙一起音，小蛙就接上，一高一低搭配得天衣無縫，一切渾然天成，於是譜出了一首首最自然動聽的庭園二重唱。

110.12.13《青年副刊》

美濃一片月

美濃是南部的客家小鎮，它三面環山，一面臨水，是終年翠綠的小盆地。

每次回美濃，走在屋前屋後的小溪旁，看到清澈見底的溪水，我都忍不住地蹲下身子，用雙掌做成碗狀，掬一把水往嘴裏送，享受溪水的清涼，也回憶著許多溫馨往事。

它是農業大鎮，在農業人工化的年代，一向勤快儉樸的婦女們，不僅日出而作，日入也作。為了爭取更多的白天時間下田種作，只好把可以在夜裏做的工作挪到晚上，例如：洗衣、剁豬菜……

農忙時期每天晚上，女眷們都提著衣籃來到小溪，捲起褲管下水後，就在溪邊的洗衣石上戳洗衣服。記得小時候，身為老大的我，每當媽媽坐月子時，也利用晚上在這兒洗衣服，以免影響隔天上學。

我很喜歡在溪邊浣衣，因為這兒如同村子裏的小型轉播站，可以聽到很多附近莊稼人的即時新聞、八卦，不管悲喜對我來說，都新鮮有趣。

例如：嬸婆說：下個月初一，是高家奶奶八十大壽，聽說到時候要在禾埕上，請大家吃長壽麵喔！另外，張家大嫂也宣布，今年土地公生日，要在廟埕連續演三個晚上的歌仔戲耶，到時候大家就有好戲可看囉！諸如此類屬於附近鄰里的大小事，都會在這兒聽到，也會從這兒傳開。

夜裏浣衣有趣熱鬧，尤其是有明月輕風相伴的夜晚。在沒有高樓擎天的農村，月光下一片寧靜祥和。低下頭，可看見皎潔的月兒，正在水中舞動；而抬起頭，那眾星拱月、既浪漫又夢幻的美景，總是讓人醉心；另外，附近山坡不時會傳來一陣陣的男女山歌對唱，多情悅耳。

月光下除了浣衣、聽聽情歌之外，媽媽們也會在禾埕上切洗農作物，或做些瓶裝醬菜。大家雖各自忙碌，卻邊話家常。她們不知道「超前部署」怎麼寫，卻很清楚把白天的工作在夜裏先做好，明天就多出很多時間可利用。而閒來無事的小村童們，會在旁邊嬉鬧跑跳，在動靜間自成一副農村歡樂景象。

然而歲月飛逝，數十年一晃而過。如今一輪明月同樣高高掛，但是自從農業機械化，及家電進入家庭後，這些屬於美濃月下的風土民情，也隨著生活型態的改變，漸漸地消失在農村的良夜裏。

110.10.7《青年日報》

萬綠叢中點點紅

最近這陣子，疫情再現高峰，讓很多民眾憂心忡忡，害怕舊事重演，生活失去重心和希望。

記得去年疫情進入三級警戒時，為了控制疫情，處處人流管制，分單號、雙號進行，要上市場買把菜，都要受限制，感覺日子過得無趣又恐慌。

因不能外出購物，又必須在家上班，於是多出很多上下班的時間。為了善用這些時間，我除了多陪家人、多閱讀之外，出身農家的我，也學起鄉下老媽整地種菜。

把擱置已久、長滿雜草的後院整理乾淨。把石塊撿起放角落，把野草剪成小段，加上果皮、廢菜葉和豆漿店要來的豆渣，一起放入舊水桶裏，蓋上蓋子讓它發酵，作有機肥。

地整平後，到花市買現成的植栽，有茄子、花椰菜、A菜，加上一些種子，只希望種類多些，可以經常換口味，為家人提供佳餚。

或許是新生地土壤肥沃，加上有適度的照顧，所以才播種半個月，就陸續地看到園子裏綠意點點，不管什麼菜，真是又嫩又綠。自己吃不完，還可以分享鄰居。鄰居們也很熱心，得空時會幫忙我捉蟲、拔草，大家一起分享種菜的樂趣。

今年春節前，因季節更迭，我又翻土整地，種上新一季的蔬果，結果因罕見連續兩個月的大小雨，使整個菜園寸草不生，光禿一片，少了朝氣，讓我沮喪心灰。

終於等到雨過天晴的好時節，我再翻土曝曬。當土質吸飽春陽的精華後，我把先前做的有機肥混在土裏，再敲碎鋪平，重新撒種種栽。

或許是氣溫適中，幾番夜雨過後，好久不見的綠意再度重現，不僅綠蔬肥嫩，而且不同的角落多了不同新嬌客，直挺挺地各展風姿。小番茄依附幾支竹籬，紅豔豔地掛在枝頭；彎如小拇指的辣椒，也在迎風飄動；而那些日日春和鳳仙花，也不知何時已占據石牆，開著不同顏色的花兒，為小菜園妝點特色。

看著原本荒廢的園子，因天時地利以及鳥兒們的排泄播種，讓菜園多了更豐富的色彩，那份成就總是甜滋滋的。

如今疫情再現，我不會像去年那樣無助和擔心，因為我知道花草都能克服萬難，展現超強的生命力，更何況是人呢？相信我們只要謹守規律，人助己助，必能度過難關。

110.6.9《青年日報》

過客

家裏的院子種滿花草，因很靜謐，會讓鳥兒有安全感，所以每年春天一到，會發現枝葉較隱密處，常有不同的鳥兒來築窩。

約二月底時每天清晨，會看到有兩隻土黃灰色麻雀，不停地進出一個大盆栽的樹枝開岔處。當時我很好奇，牠們為什麼不像別的麻雀，時而整排地停在陽台上方，嘰喳歡唱，時而群飛離去。

注意了幾天後，我發現樹枝上有幾根乾的長草，這時我才意會到牠們是夫妻，正準備築巢孕育下一代哪！很高興牠們有眼光，知道選樹枝粗、葉子多的福地，畢竟這樣安全性高。為了讓牠們不必出遠門去啣草，耽誤築窩時間，我利用爬山時，割些細軟的小芒草放在陽台上。

有天傍晚，我外出返家時，正好看到牠們正在微乾的芒草上跳動，小嘴巴不停地啄著小芒草，然後咻的一聲，就把草啣到樹枝上去了。那陣子春雨不斷，怕影響牠們築窩的進度，我就在樹枝上方，綁了一支深綠色的舊傘。會刻意選擇這樣的顏色，是希望牠們在保護色的保護下，能平安過日子。

幾天過後我再探頭時，發現小碗般大的鳥窩已完成了。除了用我帶回來的小芒草外，還有幾支很細的樹枝框住，看起來很扎實。

為了不打擾牠們，我很少去陽台，只偶爾遠遠地躲在窗簾邊偷瞄一下。結果有天早上，我發現窩裏已有三顆如拇指般大、有不同顏色小點點的蛋了。

接著會無意中看到鳥兒孵蛋的畫面。約半個月後，居然發現有三隻軟趴趴的小粉色肉球疊在一起，頭上兩隻眼睛是灰色的，未曾張開，鑲著黃邊的大嘴巴，倒是左右不停地移動。

知道鳥父母要餵雛鳥很辛苦，我會在陽台上不同的角落，放些鳥店買來的飼料，希望對牠們有所幫助……

日子忙中過，偶爾偷窺一下，發現雛鳥有在成長，開始睜眼長毛了，會爭食、拍翅了，會慢慢地移步巢邊的樹枝上。為怕牠重心不穩，我在樹枝底下鋪了厚厚的海綿，以防萬一。才沒幾天後，我又發現小鳥們已飛出窩外，停在旁邊的檳榔葉子上，一家五口排排站，還嘰哩瓜啦地說不停。

那天過後，牠們不再回巢，此時我心裏若有所失，忽然對王維的「春草明年綠／王孫歸不歸」感觸特別深刻。

111.5.23《青年日報》

大紅蓮霧高高掛

那天上市場，看到有人用竹籮擺攤，竹籮上方放著大竹篩，裏面放著一串串掛著葉子的蓮霧。每一串都吊著四五顆，如拳頭般大小，形狀類似小燈籠，精巧可愛討喜。

戴著斗笠、袖套，皮膚曬得黑亮，高高瘦瘦的老闆告訴我，他住宜蘭，清晨三點就上園子摘蓮霧，天一亮就從「雪隧」載過來的，新鮮好吃喔。

看著那紅澄澄、油亮亮，還滴著露珠的蓮霧，我似乎看到久別重逢的朋友，很驚奇、很開心。每年一到了夏天，就是蓮霧的盛產期。我家三合院前池塘邊，父親種了兩棵蓮霧樹，長得又高又大，掛滿成熟飽滿的蓮霧，藏在翠綠的樹葉中，清風徐來紅綠摩娑，在白花花的陽光下，自成一副豐收美景。

記得每當春末氣候較暖和時，蓮霧就開始開花。它是白色的，花朵如十元硬幣大小，花芯有長長短短的細絲呈傘狀放射。

由於花芯香甜，所以開花季節，會迎來蜂蝶穿梭。當花瓣落盡之後，就成了一個個白中帶點綠的小鈴鐺，層層疊疊、一簇簇、一團團地掛滿每個樹枝。

隨著日昇日落，小鈴鐺會慢慢地成長，不僅從淡淡的綠色變成微紅，而且果身也由小變大。當它們長到如拳頭般大時，就呈暗紅色了，那成熟模樣引人垂涎。家裏的蓮霧成熟時，父親會請鄰居們拿籃子來摘大顆的，小顆的就留著，讓鳥兒鼠輩們一起來分享。

在農業技術未發達的年代，蓮霧一年產一次，果實如雞蛋般大小，水分不足且帶有酸澀味。自從技術改進後，蓮霧經過催花或斷肥的方式，來控制它的產期，於是這些年，整年都可吃到蓮霧了。

它不僅生產期延長，品種經過不斷地研發，還多了很多新品種，像黑珍珠、黑鑽石都是蓮霧界的佼佼者。它果實碩大、水分足，還有甜味，賣相頗佳，為果農賺取鈔票，也滿足了大家的口慾。

這幾年父親離世後，家裏的蓮霧依舊高高掛，鄉間人口外移，來摘食的鄰居已不多。倒是來了很多自然界的朋友，有呼朋引伴的，也有攜家帶眷進駐，並建窩築巢繁衍後代的。

每一回看到牠們跳躍滿足的樣子，我都很感激當初種蓮霧的父親。相信他看到蓮霧樹下，吱喳不停的熱鬧，一定也會很高興。

111.8.22《青年副刊》

又是鳳梨成熟時

昨午下午，爬山才爬到一半，就聞到陣陣的鳳梨香。經驗告訴我，又到了鳳梨季，那位印尼的外配阿如，又來登山口賣鳳梨了。

她善用機車的極限容量，車前掛著籃子，裏面裝了一些孩子的瓶瓶罐罐和兩把長短不同的刀子。踏板上，橫放著一桶水加上裝在塑膠袋裏的幾顆鳳梨。後面的貨架上綁著兩大箱的鳳梨、一張摺疊桌、兩張中型摺疊椅和一大包塑膠盒。

每一回她停好機車後，會用肚子去挺箱子，然後吃力地慢慢把整箱鳳梨拖下車。經常有路過的人看到了，都會出手幫忙。

鳳梨落地後，她撐開桌子開始削鳳梨。她個子不高，黑黑的臉上有對充滿毅力的眼睛，雖然塊頭小，但是力道十足、動作俐落。她左手托起鳳梨，右手的刀把鳳梨前後削去，再從頭往後削去兩片皮後，就套上透明塑膠袋，順手把鳳梨翻個面，唰唰幾下就把皮都削乾淨，切塊裝入塑膠盒，就開賣了。由於她的鳳梨多汁又甜，加上價錢合理，所以生意不錯。

每次看到她背著孩子削鳳梨的樣子，就會想起小時候，媽媽背著弟弟削鳳梨的情景。那年頭家裏孩子多，物質生活缺乏。每年鳳梨季一到，住在山上的二伯，會戴著斗笠、拎著兩顆自家屋後種的鳳梨，赤著腳翻山越嶺地送來我家。

二伯的到來都令父母很感動，他們不曾一次地告訴我們，二伯的這份兄弟情又厚又重，要我們謹記在心。

在農業技術未見改良之前，鳳梨又小又酸澀，吃起來容易咬嘴，而且一年只生產一次。即使如此，每年二伯的到來，還是讓我們很期待，而且感激再三，因為當時能吃到鳳梨是奢侈的享受。

那時候鳳梨不是當水果吃，它是當菜來配飯的。媽媽削去皮之後，把果肉切片拌著筍絲炒，味道酸中帶甜，風味極佳，是餐桌上的佳餚，更是最好的便當菜。

記得每一回當媽媽在廚房翻炒鳳梨，香氣四溢時，我們幾個蘿蔔頭，就坐立難安不斷地進出廚房，引頸企盼忙著問，「還要等多久才可以開飯啊？」媽媽總是不厭其擾地表示「馬上就開飯」，並要我們去坐好等著。

當飄著白煙、散著香氣的鳳梨上桌後，我們每個人的臉上掛著滿滿的幸福笑容，大口大口地扒飯，那份開心和滿足溢於言表。

隨著農業科技的進步，現在的鳳梨不僅終年產量豐富，而且甜度高，加上生活水準的提高，隨時就直接把它當水果食用了。

雖然現在的鳳梨碩大口感又好，但是我卻吃不出當年兄妹們一起吃鳳梨的歡樂氣氛。原來如今的鳳梨，是少了二伯的那份又厚又重的兄弟情。

110.10.4《中華日報》

阿嬤種的，當然要買

到住家附近的市場買菜時，經常會看到一個九十三歲、個兒矮小的阿嬤，戴著斗笠，圍著黑色圍裙，坐在一個矮凳上。面前的紙箱上擺著幾小把青蔥，箱子上寫著「一把十元」。

有些人路過時會問：「阿嬤！這是您種的嗎？」此時她笑著點點頭說：「人老了沒事做很無聊，就在屋後種了一些蔥，因家裏吃不完，會爛掉，所以就拿出來加減賣。」她每次說完一定會加一句：「假如有需要的話，就買一把吧！」

雖然大多數的人都會說：「好啊！買一些放著，隨時要用就有了。」但是有一回我卻聽到一位年輕小姐回說：「阿嬤種的，當然要買呀！年紀這麼大了，還這麼勇健，能種菜，很棒耶！」她那充滿了溫暖和鼓勵的肯定語氣，不僅讓阿嬤笑瞇了眼，也讓路過的我很感動。

無獨有偶，前幾天我路過時，又看到一位七十多歲、騎著腳踏車的阿公，特別停下車來買，還說自己早上在菜攤已經買過了，但是看到阿嬤種的就想要買。因為除了買到蔥，還買到阿嬤勤儉惜物的精神，那才是物超所值的，不容易啊！

菜市場就是這樣，是本無字天書，只要有心就會發現，在人與人的互動中，處處藏著暖心的故事，而且每個故事皆學問，值得學習和分享。

111.4.27《青年日報》

桂花巷

院子裏的桂花，即使是在大熱天，也開得滿樹。一撮撮的米白小花，總是散發著似有若無、高雅芬芳的香氣，讓人覺得開心舒暢。

這兒是兩條不長的巷子，座落在大樓林立的豪宅中，顯得特別矮小。由於這是以前的眷村，灰瓦白牆，客廳、房間都小又窄。客廳前面是個小院子，平時可以晾衣服，過年時可以曬臘肉或香腸。後面是小廚房，婆婆媽媽們三餐在這兒煮料理。

由於巷子內是平房建築，住的都是數十年前從大陸遷來台灣的朋友，或許是大家語言相同，來自同一個地方，所以親如家人，於是相處起來特別和睦。

白天家家的大門敞開，小朋友跑來跑去。張媽媽家今天包餃子，小朋友會留下來吃；明天李媽媽家蒸饅頭，就多蒸幾個分享鄰居。午後時分媽媽們就在家門口挑菜、做手工，手裏忙著幹活，嘴裏分享著持家育兒經。

雖然住的不寬敞，但是你家就是我家，大家同甘共苦，彷若是個大家族，那份感情很濃也很深。

有幾位老奶奶，髮髻上都有插桂花的習慣，於是在庭院裏都種著桂花，方便採取。每到了桂花季節，就花香四溢，整條巷子都洋溢在花香裏。

多年後孩子們長大了，各奔前程，小眷村裏剩下年長的。他們習慣於幾十年來相互依賴的生活，都捨不得搬離，只希望在這裏終老一生。沒想到歲月匆匆，這些年長輩們紛紛凋零後，整條巷子人去房空，只留下依舊飄香的桂花。

如今我住的房子大了，卻感覺不到敦親睦鄰的快樂。所以我常走回桂花巷，懷念那濃濃的人情味。就怕曾經帶給我歡笑的眷村，很快就會消失在現代化的城市中。

109.8.19《人間福報》，「城市快門」徵文入選

夏日好時節

雖然不管冬天或夏天，一天同樣是二十四小時，但由於夏日晝長夜短，所以感覺上好像比冬天多出很多時間可利用，我也因此對夏日特別鍾情。

夏日天亮得早，所以就起得早，心想既然離上班時間還久，不如好好地利用這段時光。首先，早晨空氣新鮮，腦袋清楚，趁機閱讀一些書報，然後帶著滿足的心情去上班。再來，由於時間充裕，不如徒步上班吧！一個人不疾不徐地漫步在晨風中，享受那份悠閒和自在，也讓身體充滿正能量，去迎接嶄新的一天，因為心情愉快，工作效率特別高。

傍晚下班後，迎著夕陽餘暉，換上休閒服，帶孩子們到公園遛遛。在涼爽的晚風中活動，自是暢快無比。運動過後，在夕陽的陪伴下，高興地攜手返家。晚餐過後，一家大小圍坐在院子裏，享受酷熱後的沁涼，由於院子大，涼風陣陣，感覺特別舒適。繁星明月下，偶爾還會傳來蟲鳴鳥唱，在這兒話家常，最是美好溫馨，全家大小共享夏夜的寧靜祥和，多麼有趣難得。另外，趁著暑假全家大小共同出外旅遊，或到戶外露營戲水，享受一下屬於夏日的風情。

夏天就是這樣，感覺很熱，很多人因此不愛出門，寧願宅在家，這樣真的很可惜。每個季節都有它的特色，如何善加利用這段時光，需要智慧和決心。總之，對我來說，夏日是一年中最美麗的季節，我很珍惜、很享受它帶來的樂趣。

108.7.18《人間福報》

雲淡風輕

我常覺得從窗裏看世界，和從窗外看世界，所得到的結果和收穫，必定截然不同。所以得空的時候，我喜歡走出户外，感受不一樣的時空景致。

那天清晨，當東方帶著溫暖微笑的陽光露臉之後，我和九七高齡的媽媽走出屋外，迎著陽光，開始沿著田埂旁的小水溝散步。

首先映入眼簾的是，溝旁的幾位大嬸正在與時間賽跑，忙著整理摘好的橙蜜小番茄，然後秤好裝箱，快遞寄出，希望把這些剛離枝的最新鮮的聖品，盡快地送到消費者的手裏。看著粒粒晶瑩如黃寶石般的橙色番茄，為鄉親們帶來大把大把的鈔票，不僅她們臉上綻放著燦爛的豐收笑容，我們母女也彷彿賺到很多，居然和她們一樣的歡喜。

我們邊聊邊往前移動腳步，附近不斷地傳來趕著翻土要插秧的耕耘機的轟轟馬達聲。耕耘機的後面跟著十數隻的白鶴，忽前忽後地在忙著覓食。不一會兒我忽然聽到牠們吱吱嘎嘎的吵架聲。定神一看，發現有三隻擠在一起，大夥兒伸長脖子打成一團。

幾分鐘過去後還在吵，似乎還沒有分出勝負，就在難分難解的時候，忽然體型較高的那一隻，兩腳一蹬咻的一聲飛走了。看著越飛越高的那隻白鶴，我確定牠是裏面最有智慧的。我相信牠不管為情或為食，能選擇離開，飛離這個是非之地是對的。牠的下一站一定會更好，因為那會是海闊天空、雲淡風輕。

我們順著水溝繼續走。溝旁有種著滿園如紫晶般亮眼的茄子，也有種著已經落了葉、正待主人來收割的紅豆，還有一大片綠油油的芭樂、一行行的辣椒……真是五顏六色、美不勝收，到處一副豐收的好景象。

由於我們是順著水溝走，所以除了欣賞兩旁所栽種的不同農作物外，三不五時我也會駐足低頭看看，溝裏有什麼驚奇出現，好帶來趣味的意外。

或許是在大熱天，水蒸發得快，溝裏的水不多，還不滿半溝，而且清澈見底。由於水很乾淨不混濁，所以會發現一些小魚在優游，也看到幾粒拇指般大的田螺。牠們有的在水裏慢慢地移動，也有吸附在溝牆上的。看著牠們不管在任何角落，都可以各自擁有自己的一片天，自在又逍遙。我很替牠們慶幸，能躲過農藥的催殘，能活著對牠們來說是多麼的不容易呀！

水溝的水雖然不深，但難免有些段落會被一些積泥或雜草堵住，此時水兒就發揮它的柔軟度，往左右兩邊或中間轉，只要地勢稍稍低一些，就可以順勢而下，繼續往前流，流向大河。那情景正是水往低處流的最佳寫照。

看著整條水溝，有那麼多左轉右彎的小小水道，讓水流可以順暢，我才發現原來任何事，要找到出口並不是那麼難。自然界的水流定律是如此，很多紛擾的人間事何嘗不是一樣？心想，當人際關係陷入陰霾時，若能多份寬容並放下己見，或換個角度，甚至於轉個彎去體諒對方，相信所得的結果必定是不一樣。那感覺將是雲淡風輕、歲月靜好，才足以形容。

真沒想到和媽媽一起散個步，會看到這麼豐盈作物，還因大千世界裏的小故事，為我帶來珍貴的大啓示。如今我終於知道，原來從窗外看世界，是能看到更遼闊的美景的，這下真的讓我長知識了，真好。

108.11《警友雜誌》

半張衛生紙

那天回娘家，因滿身大汗，連忙沖個涼，換上母親的乾爽短衣。我們體型相同，穿同號的衣服和鞋子，所以回娘家時，我經常穿她的衣服，尤其是去年她仙逝後更是如此。總覺得穿她的衣服，她就在我身邊未曾遠離。

母親生長在二戰時代，外公雖是盲人，但是手藝好會竹藝，憑想像可編織出竹籃、蒸籠、竹椅……他靠著一雙巧手，撐起家中經濟。

母親從五、六歲開始，就當外公的眼睛，牽起挑著竹具的外公到街上叫賣，一次次一年年，直到自己長大成人，可以承擔家計。

或許是她從小目睹父母為了生活所面對的困境，體會出一絲一縷來之不易，所以養成節儉、愛物、惜物的好習慣。在生活裏，她物盡其用，衣服破了能補就補，不能補了就改做他用。

務農勤儉的她自己種菜，能吃的就上桌，不能吃的就餵雞鴨，絲毫不浪費。果皮、落葉收集成堆做成無機堆肥。她就是這樣，讓每個物件盡到最完美的價值。作物如此，用過的塑膠袋，只要能清洗乾淨的，她一定會再度利用。常看她在禾埕邊，戴著斗笠坐在矮凳上，邊聽廣播邊清洗，把洗乾淨的倒套在她用竹枝綁成的傘狀架子上，方便吹乾。

弟弟常說：「我老母有創意，對環保很有貢獻耶！要按個讚才對。」而年近百歲的她聽了，都靦腆地笑著表示，這是自己應該做的。

母親就是這樣萬事省吃儉用，連衛生紙她都要撕成兩半，以免浪費。每次穿上她的衣服，都會發現口袋裏，就有她疊好備用的衛生紙。

手握著整齊的衛生紙，除了懷念她的養育之恩外，也感謝她給我的身教和言教，讓我知道感恩惜福。

111.5.24《人間福報》，本文入選「母親」徵文

是弟妹送的

鄰居陳姐到家裏來，看我用菜瓜布在洗碗刷鍋，好奇地問我：「媽媽不是走了？您怎麼還有菜瓜布？」她這一問讓我既高興又難過地回答：「是弟妹送的，媽媽是走了，但是娘家還有她呢！」

從小家境清寒，而父母省吃儉用、愛物惜物的言教和身教，一直讓我銘記在心。婚後客居都市，每次回娘家時，媽媽總是送我一些自己曬的菜乾和菜瓜布。

她覺得菜乾很香，自己曬的沒有防腐劑，可以安心食用。而菜瓜布是地表上最實用的「煮」婦良伴。那堅韌的纖維無毒又耐用，不傷鍋瓢又很環保，是上天送給人類的最好禮物，要善用它。

每次帶回這些珍貴的物品，我都很開心。不管是吃的還是用的，每一物都有媽媽的味道，還蘊藏著濃濃的母愛，時時溫暖著我。

一年多前百歲老母過世，本以為娘家少了娘，往後回去就不會有這些需要很費工清洗、小心慢慢鋪曬的禮物了，沒想到一切和我想像的不一樣。每一次回娘家，弟妹就學著媽媽，忙著幫我準備這些自稱不值錢又很粗俗的農產品，讓我帶回來。

看她動作熟練又包又綁的，只希望我不要因為少了媽媽而太傷心，還是可以透過這些物品睹物思人，感覺媽媽還在身邊，並未遠去……

一旁的陳姐，自從父母過世後，姊弟倆為了賭氣，親情已蕩然無存。她聽我說著這些故事，難過地提著袖子，不斷地擦眼淚。還很羨慕我，少了爹娘還有這樣的娘家可回，真的不容易啊！

可不是嗎？每次一想到弟弟夫婦，為了珍惜手足之情，總是用心良苦地維護著，讓我很感謝、很慶幸。總覺得即使少了父母，自己也不孤單，因那份親情一直都在，更可貴的是沒了長輩，反而變得更緊更濃。

111.6.2《人間福報》

我們一起探訪春天

一連幾夜滴答不停的綿綿春雨終於沉睡了。那天是難得的好天氣，我們一群讀書會七老八十的老同學們約好，早上八點半到大安森林公園，一同參加台北市政府舉辦的2022年台北杜鵑花季。

由於偌大的公園，在不同的路上都設有進口處，為了方便大家好記，就選在信義路和建國南路口集合，因為這兒有建國花市，大家常來，比較不容易搞錯。

當天我們一群人，浩浩蕩蕩、攜家帶眷地準時來報到。有人用輪椅推著長輩或另一半，也有人帶著活潑好動的阿孫，還有人把家裏的毛小孩用娃娃車推來了，不管是貓兒或狗兒，都興奮地跟著主人來參加，就是希望大家能沐浴在春風裏，享受春的洗禮。

雖然說這是杜鵑花季，但是一入園，映入眼簾的是一望無際各式花草。有飄洋過海來的舶來種，也有在地花農透過高科技的技術，精心培養的無奇不有、美不勝收的本土花卉，既浪漫又夢幻。

因設計周密，不同的場地展示不同的花卉。沿著不同的花道小徑，五顏六色、花形各異的各種杜鵑，不管是高山品種，或來自日本的四季杜鵑，每一朵都不約而同地展開笑顏，歡迎所有的遊客光臨。而一大球一大球、共兩千株的進口繡球花，也不讓杜鵑專美於前，不管大紅色、大紫色、鵝黃色或翡翠藍，都占盡了極大的優勢。不僅花大就是美，而它的地盤也都選在花區的不同轉角處，每個遊客一定要經過，一定會看到它們吸睛的花姿，讓遊客們驚呼連連。

當不同花色的展區在眼前不斷地變換時，我們來到水生植物區。水池旁楊柳青青、柳絮紛飛，那淡淡的綠，展示著春到人間的朝氣。在涓涓細流的環繞下，中間是一座森林之島。島上的樹雖然有不同種類，但是都高聳入天，為鳥兒們提供了最佳棲息之地。

在這兒因環境靜謐，水質又好，所以百鳥同歡，飛高飛低、來去自如，儘管鳥兒千百隻，體型不同、顏色有異，但是牠們親如一家、和平共存，每隻鳥都擁有自己的一片天。不管在樹枝、樹幹或在樹的四周，都有屬於自己溫暖的小窩。

坐在附近的情人椅上，欣賞牠們展翅、自在盤旋的悠閒模樣，既療癒又開心。孩子們比手畫腳，遙指鳥兒忽隱忽現的各種精彩飛姿，不論低空飛過或高衝入雲，都令他們驚歎不已。大人們因難得有機會坐下來欣賞這些鳥兒有趣的互動，會恨不得自己也有雙翅膀，可以翱翔天空。

春滿大地不僅鳥兒歡喜啁啾，蝴蝶蜂兒也蜂擁而至，忙碌地穿梭在搖曳的花海中，像跳躍的音符點綴其間，動靜中充滿和諧與溫馨，但願蜂兒採滿甜蜜好過冬。整個公園像個繽紛的花花世界，不同的花種展示不同的風情，美化妝點了大地，那豐富的色彩讓人目不暇給，真是春城無處不飛花啊！

春天就是這樣，在春雨隨風潛入夜，潤物細無聲中，萬物甦醒了，處處有驚喜。不管是鳥語或花香，在在為人間增添色彩，讓人心曠神怡、心胸開朗，走起路來步子都輕盈。

萬紫千紅總是春，春天是美麗又充滿活力的美好季節，值得歌頌、值得珍惜。有機會多陪陪家人到户外走走，那會是一份充滿色彩、律動有致的心靈饗宴，很豐盛又多采多姿，既開心又滿足，很值得大家探訪。

111.5《警友雜誌》

最簡單的幸福

作　　者／劉洪貞
封面繪圖／鍾麗萍
出 版 者／揚智文化事業股份有限公司
發 行 人／葉忠賢
總 編 輯／閻富萍
地　　址／新北市深坑區北深路三段 258 號 8 樓
電　　話／(02)26647780
傳　　真／(02)26647633
E - mail ／service@ycrc.com.tw
網　　址／www.ycrc.com.tw
ISBN ／978-986-298-413-0
初版一刷／2023 年 1 月
定　　價／新台幣 250 元

國家圖書館出版品預行編目（CIP）資料

最簡單的幸福 / 劉洪貞著. -- 初版. -- 新北市：揚智文化事業股份有限公司, 2023.01
面；　公分

ISBN　978-986-298-413-0（平裝）

863.55　　111021915